Isabelle Jarry

Der Tag ist meine Nacht

Isabelle Jarry

Der Tag ist meine Nacht

Roman

Aus dem Französischen
von Anja Nattefort

Ullstein

Die Originalausgabe erschien 2004
unter dem Titel *J'ai nom sans bruit* bei Éditions Stock, Paris

ISBN 3-550-08618-0

Gesetzt aus der Horley Old Style
Satz: Pinkuin Satz und Datentechnik, Berlin
Druck und Verarbeitung:
Bercker Graphischer Betrieb GmbH, Kevelaer
Printed in Germany 2005

Für Aglaé

Ich habe einen unbekannten Namen
Blatt ohne Samen,
Blumen sind mir harte Dornen:
So regieren mich der Liebe Normen,
Da andere meiner nicht gedacht:
Der Tag ist meine Nacht

Martin Le Franc
(1410–1461)

1

Vor einiger Zeit bin ich aufs Land gezogen. Der Umzug war gar nicht schwierig. Ich packte meine gesamte Kleidung und die wenigen Sachen in meine Tasche, von denen ich mich nicht trennen wollte. Dann stellte ich mich an die Auffahrt der A 6 und wartete, bis ein Lastwagen durch die Porte d'Orléans kam und zehn Meter vor mir hielt. Der Fahrer war Bulgare und transportierte Computer, er kam aus den Niederlanden und war auf dem Weg nach Italien. Das einzige, was er auf französisch sagen konnte, war »Eiffelturm, haha!«, und er trank eine klare Flüssigkeit aus der Flasche, Gin oder Wodka oder irgendeinen anderen Schnaps von den Ebenen der Maritza.

Hinter Nemours verabschiedete ich mich wieder von ihm, er war nicht betrunken oder unangenehm, aber ich mußte die A 77 in Richtung Stadtzentrum nehmen, und unsere Wege trennten sich hier. Ich fuhr weiter in der imposanten nachtblauen Limousine eines undurchsichtigen Herrn, der angeblich Pianist, in Wirklichkeit aber wohl eher Auktionator war, vielleicht auch Jurist. Wenn ich länger darüber nachdenke, tippe ich doch auf Notar.

Er erzählte mir von seinem Bösendorfer, während im Hintergrund ein Mozartkonzert lief, das ich gut kenne. Als ich ihn nach dem Interpreten fragte, zögerte er einen Moment und war, glaube ich, drauf und dran, »Ich« zu antworten, konnte sich klugerweise aber gerade noch zurückhalten. Er beließ es dabei, sich eine Zigarette anzuzünden und mir den Rauch auf die Knie zu pusten. Sympathisch war der Typ nicht, aber er hatte ein schnelles Auto. Es war lange her, daß ich das letzte Mal getrampt war. Als er fragte: »Ist es nicht sehr gewagt, so alleine per Anhalter zu fahren?«, wußte ich gleich, zu welcher Sorte er gehörte, und bevor die nächste Bemerkung folgen konnte wie »Haben Sie denn gar keine Angst, daß Sie jemand ... ähm ...« oder »Man hört ja immer wieder, daß junge Frauen beim Trampen auf der Autobahn ... ähm ...«, hatte ich mein Taschenmesser gezückt, säuberte mir gleichgültig die Fingernägel und antwortete: »Ach, das glauben Sie? Das passiert doch nur im Film!« Ich hatte zuerst die große Klinge ausgeklappt, dann die kleinere auf der anderen Seite. Ich zwinkerte ihm lächelnd zu. Ich dachte an Nisa, das half mir, ruhig zu bleiben. Als das Konzert zu Ende war, legte er eine neue Kassette ein, Etüden von Chopin, was die Atmosphäre ein wenig entspannte. An diesem Tag war es sehr stürmisch, die Bäume am Straßenrand wurden von kräftigen Windstößen geschüttelt.

»Wo wollen Sie hin?« fragte er zwischen zwei Handgriffen.

»Aufs Land«, antwortete ich. »Ich ziehe aufs Land.«

»Haben Sie ein Haus irgendwo?«

»Dort hinten«, sagte ich und zeigte nach links, in Richtung Osten.

»Wo soll ich Sie rauslassen?«

Ich hatte »Wo soll ich Sie anfassen?« verstanden und war so verblüfft über seine Plumpheit, daß ich nicht gleich antwortete.

»Bei welcher Ausfahrt?« wiederholte er, und erst jetzt verstand ich seine Frage.

»Ich weiß nicht genau, aber wenn Sie eine Karte haben, kann ich es Ihnen gleich sagen.«

Das Nachbardorf machte ich recht schnell in den Papierfalten ausfindig, das Haus selbst war nicht eingezeichnet. Der falsche Pianist begann sich über den Immobilienmarkt auszulassen, er meinte, Holländer und Engländer kauften alle kleinen Landhäuser auf und trieben die Preise in die Höhe. Also doch Notar, ich hatte richtig geraten. Während er sprach, fuchtelte er mit seinen gepflegten bleichen Händen über dem Lenkrad herum. Sein goldener, mit schwarzem Onyx verzierter Siegelring blitzte in der Sonne. Ich schwieg, ich hatte nichts dazu zu sagen. Ich suchte ein Haus, ein Dach über dem Kopf, und keine Möglichkeit, Geld zu parken. Das einzige, was ich unterbringen wollte, war Nisa, die ich seit zwei Monaten nicht gesehen hatte.

2

Im Moment beschäftigte mich vor allem die Frage, wie ich zu dem Haus kommen sollte, und das dauerte länger, als ich dachte. Der Notar setzte mich in der Nähe der Landstraße ab, die ich nehmen mußte, in einem jener Neubaugebiete, wo zwischen zwei Nebenstraßen ein Kreisverkehr den anderen jagt und scheinbar nur Lieferwagen und Einheimische unterwegs sind, die diesen Weg jeden Tag viermal zurücklegen, immer dieselbe Strecke, wie auf Schienen, ohne einen Blick nach rechts oder links zu werfen. Niemand hielt an. Ich marschierte über aufgewühlte Erdhaufen, hier und da ein paar mickrige Sträucher und verriegelte Schuppen, riesige, auf der Erde herumliegende Blechwürfel. Keine Menschenseele weit und breit.

An der Landstraße wurde die Umgebung angenehmer. Das düstere Stadtrandgebiet verwandelte sich in eine eher ländliche Szenerie. Ich setzte mich in das dichte Gras am Straßenrand und ruhte mich ein wenig aus. Zu meiner Linken erstreckten sich Wiesen und Felder, auf denen weiße Kühe grasten. Am Horizont kräuselte der Wind die Wälder, die schon ihre Herbstfarben annahmen. So, sagte ich mir, nun bist du auf dem Land. In der Luft hing der Geruch von Rauch und feuchtem Laub, den ich in tiefen Atemzügen einsog. Dann marschierte ich weiter, bis ein kleiner Kastenwagen neben mir hielt. Darin saß eine dicke Frau mittleren Alters, mit graumelierten Löckchen. Sie machte mir ein Zeichen, meine Tasche hinten abzustellen, und als ich die Hecktür öffnete, sah ich dort unzählige Kisten mit Birnen. »Ich bin auf dem Weg zur Genossenschaft, mein Obst abliefern«, sagte die Frau in dem schönen rollenden Akzent der Gegend, während ich auf den Beifahrersitz kletterte. Sie trug einen dicken Strickpulli aus dunkelroter Wolle und eine Steppweste darüber.

»Wo möchten Sie hin?«

»Nach Saint-Loup.«

»Sie haben bestimmt heute mittag den Bus verpaßt, was? Der nächste fährt erst abends um sechs. Ich lasse Sie in Saligny raus, von dort ist es nicht mehr weit bis nach Saint-Loup.«

Die letzten fünf Kilometer ging ich zu Fuß, fast hätte ich mich noch verlaufen. Als ich am Haus ankam, war ich völlig entkräftet. Mein Herz schlug zum Zerbersten, vor Erschöpfung, aber auch vor Aufregung. Jetzt mußte ich noch die Schlüssel finden.

Ich suchte überall, erst an den üblichen Stellen, im Briefkasten, in Blumentöpfen, in Löchern im Mauerwerk, dann im Keller, der nicht verschlossen war, und in dem kleinen Gewächshaus mit den gesprungenen Fensterscheiben. Ich durchsuchte jeden Winkel, doch vergeblich. Die beiden Nachbarhäuser waren verriegelt, dort befanden sich die Schlüssel also auch nicht. Der Nachmittag ging zu Ende, es begann schon zu dämmern. Seit meiner Ankunft war ich so beschäftigt gewesen, daß ich gar nicht merkte, wie frisch es war, doch als ich nun ratlos auf den Treppenstufen saß, fror ich plötzlich, als stürzte die ganze Kälte des preußischblauen Himmels auf mich nieder. Ich spürte das Haus in meinem Rücken, kompakt, verschlossen, schwer. Ich würde dort hineinkommen, ich wollte es, und ein Schloß würde mich nicht daran hindern.

Ich erinnerte mich, daß die Hintertür der Werkstatt von innen nur mit einem einfachen Haken zugehalten wurde. Sie saß so dicht in der gemauerten Türöffnung, daß sie außen perfekt in den Rahmen paßte. Ich brauchte eine lange schmale Klinge, doch ich fand nichts, was dem ähnlich sah. Ich versuchte es mit meinem Messer, aber leider war es zu kurz. Unter der Regenrinne stand ein Eimer voll Wasser. Mit großer Mühe gelang es mir, den Metallhenkel herauszureißen. Er ging nicht durch den Spalt. Ich probierte es mit Gewalt, doch nur das äußerste Ende ließ sich gerade so zwischen Tür und Rahmen quetschen.

Es war fast Nacht, ich hatte seit dem Morgen nichts mehr gegessen, ich war völlig erschöpft. Ich trank etwas Regenwasser aus dem Eimer, es war kalt, ich spürte es meine Kehle und meine Brust bis in den Magen hinunterrinnen. Ich nahm all meine Kraft zusammen und gab der Tür einen heftigen Tritt, irgend etwas streifte mein Bein und fiel gleich neben mir auf den Boden. Es war der schwere Schlüssel zur Vordertür der Werkstatt. Ich sah nach oben, konnte aber an der glatten Mauer nichts finden. Als hätte ihn jemand vom Dach geschmissen. Ich ging schnell auf die andere Seite des Hauses, um die Tür aufzuschließen.

Mit Sicherheit waren die Haustürschlüssel irgendwo da drinnen versteckt, aber inzwischen war es zu dunkel, ich hatte keine Taschenlampe. In dem Raum herrschte großes Durcheinander, Werkzeug, alte Möbel, Holzbretter, Kisten. Ich wollte die Nacht über bis zum Tagesanbruch hierbleiben. Ich stellte meine Tasche auf einen Koffer und suchte die wärmsten Kleidungsstücke heraus, die ich dabeihatte, darauf streckte ich mich aus, mein Mantel diente mir als Decke. Obwohl ich so müde war, brauchte ich lange, um einzuschlafen. Ich hörte überall Geräusche, ein Scharren, ein Pfeifen, das Mondlicht drang durch die Dachluke und warf den verschwommenen Schatten der windgeschüttelten Baumkronen an die Wand. Mir war kalt, ich hatte Hunger, und Angst hatte ich auch.

Von der Morgendämmerung wäre ich nicht aufgewacht, das Licht drang nur spärlich in die Werkstatt, aber das Angelusläuten der Kirche im Nachbardorf schreckte mich aus dem Schlaf. Es mußte sieben Uhr sein. Mit einem Seufzer setzte ich mich auf. Mein Herz raste in meiner Brust, gleichzeitig spürte ich diese Beklemmungen, die mich seit Wochen jeden Morgen nach dem Aufwachen überfielen, verursacht durch den Schmerz, Nisa nicht bei mir zu haben, und durch die grausame Vorstellung, sie auch nicht so bald wiederzusehen. Eine stählerne Faust zerdrückte mich innerlich, quetschte mir mit eisigen Fingern Lunge und Herz zusammen.

Ich sprang auf die Beine und riß die Tür der Werkstatt weit auf, schneidendkalte Luft strömte von draußen herein. Ich atmete tief ein, während das blasse Tageslicht ins Innere drang, am Himmel versperrte eine dichte Wolkendecke den Sonnenstrahlen den Weg. Ich begann das Schlüsselbund zu suchen und fand es bald hinten in einer kleinen Schublade, die mit langen Schrauben und halbverrosteten Nägeln gefüllt war. Der Schlüssel ließ sich ohne den geringsten Widerstand in das Schlüsselloch der Eingangstür stecken und drehen.

3

Ich war schon einmal mit Philippe hier gewesen, sechs oder sieben Jahre zuvor, als er mir einen der Orte seiner Kindheit zeigen wollte. Ich behielt eine hügelige, friedliche Landschaft in Erinnerung, viel Raum und einen weiten, stets blau leuchtenden Horizont. Es muß im Mai gewesen sein, wir blieben ein paar Tage, übernachteten im Hotel des Nachbarortes und verbrachten die Zeit im blühenden Garten. Das Haus betraten wir kaum und hielten uns auch nie lange darin auf. Philippe arbeitete ein bißchen im Garten und in der Werkstatt, er sortierte die Geräte und kramte in den großen Schränken, die den hinteren Teil des Raumes füllten. Er war damals schon krank, und auch wenn er es noch nicht wußte, muß ihn irgend etwas zu seiner Kindheit getrieben haben, auf die Suche nach glücklichen Zeiten, nach Erinnerungen, die bestimmte Orte in ihm wachriefen.

Wir hatten Decken auf der Wiese ausgebreitet und blieben stundenlang dort draußen, lauschten dem Vogelgezwitscher und faulenzten zwischen Gänseblümchen und Löwenzahn. Ich las viel, und wenn ich nicht las, schrieb ich kurze Gedichte, ich kritzelte unglaublich viele Verse aufs Papier, knappe Strophen, jeden Tag Dutzende. Ich war sehr in Philippe verliebt, wir kannten uns noch nicht lange, und es genügte mir, einfach mit ihm zusammen zu sein, seine Nähe machte mich wunschlos glücklich, alles erhielt einen anmutigen Glanz, wenn er nur bei mir war.

Ich erinnerte mich an sonnige, helle Tage, eine Landschaft, die in grünen und gelben Tönen erstrahlte, und an den abgestandenen Geruch des kleinen Hauses mit dicken Mauern, dunklen und kühlen Zimmern, wo die Möbel unter weißen Laken versteckt waren wie Gespenster. Überall derselbe muffige Geruch, eine dicke Staubschicht und Spinnengewebe. Alles schien in einem ewigen Schlaf erstarrt. Das Haus war seit Jahren unbewohnt.

Philippes Großeltern hatten zu Beginn ihrer Rente eine kurze Zeitlang hier gelebt, bis sie in die Nähe der Stadt und ihrer Kinder zogen. Das Haus war zu klein für eine Familie, zu abgelegen für eine Einzelperson und angeblich zu gefährlich für Kinder, aus welchen Gründen auch immer, bestimmt wegen des Flusses, der sich unterhalb des Gartens dahinschlängelte, versteckt hinter hohen Gräsern und Schilf.

Die Landschaft ringsum war frisch und verlokkend, bebte vor neuem Leben und den Klängen der Natur – der Wind in den Ästen, das Zwitschern der Schwalben, die freudige Kreise zogen, das Plätschern des Flusses, der Gesang der Meisen, das Summen der Bienen. Wiesen, Hecken und Wälder teilten sich die Landschaft bis zum Horizont. Hier und da lagen kleine Ansammlungen von Häusern, drei oder vier, manchmal ein Dutzend, in den Mulden oder am Hang eines kleinen Tals. Auf den Kuppen der Hügel thronten die Dörfer, überragt von hohen Kirchtürmen. La Varenne befand sich am Rande einer kleinen Straße, auf der nur wenige Autos fuhren, und bestand aus drei Häusern. Das Haus von Philippes Großeltern lag am abgeschiedensten, vor Blicken geschützt durch das Grundstück ringsum. Der große, unverbaute Garten reichte bis zum Fluß hinunter. Die Häuserfront zeigte gen Westen, Richtung Sonnenuntergang. Von der Türschwelle aus blickte man auf eine Reihe von Wiesen und Feldern, die in der Ferne an einen Wald grenzten. Das Haus selbst ähnelte einem Puppenhaus, alles an ihm war klein und eng, wie für Kobolde gemacht.

Wir kamen nie wieder her, und sicher hatte auch sonst niemand einen Fuß in das Haus gesetzt. Der Großvater war inzwischen verstorben, die Großmutter fristete ihr Dasein in über dreihundert Kilometern Ferne, und keiner von Philippes Onkeln und Tanten zeigte Interesse an einem so bescheidenen Erbe.

Drinnen war es düster, und die Luft roch schimmelig. Ich öffnete das Küchenfenster, stieß die Fensterläden auf und machte einen Rundgang durch die Zimmer. Was in meiner Erinnerung ein zauberhafter Ort gewesen war, ein in einem Tal vergessenes Häuschen, eingebettet in Natur und Licht, schien mir nun beengt und kalt, durchdrungen von Traurigkeit und Melancholie. Im Erdgeschoß gab es drei Zimmer: die Küche, ausgestattet mit einem alten gußeisernen Ofen, der gleichzeitig als Kochstelle und zum Heizen diente, ein mit Möbeln vollgestopfter Wohnraum, in dem der Kamin stand, und ein mit dunkelrotem Stoff verkleidetes Schlafzimmer. Den Dachboden erreichte man durch eine Deckenluke in der Küche mit Hilfe einer Leiter. Auf dem Treppenabsatz draußen vor der Tür hatte man einen kleinen Waschraum mit Dusche eingerichtet. Die Toilette befand sich neben der Werkstatt, in einem kleinen Häuschen aus Bruchstein, das ursprünglich bestimmt einmal als Hühnerstall oder Unterschlupf für ein Schwein gedient hatte. Die Schränke im Haus waren vollgestopft mit Wäsche, in den Anrichten stapelten sich Teller und Gläser, und überall kroch einem diese stickige Luft, der Geruch von etwas Verbrauchtem, Verlassenem in die Nase. Obwohl ich genau wußte, warum ich hier war, verließ mich plötzlich der Mut. Ich blickte aus dem Fenster und sah die herbstliche Landschaft daliegen, diesig, abweisend, still. Ich war allein auf der Welt. In Paris hatten das Getümmel und der Lärm meine Einsamkeit kaschiert, hier sprang sie mir auf bestialische Weise ins Gesicht, mit ungebremster Brutalität. Plötzlich war ich meiner nicht mehr so sicher, ich hatte das Gefühl, als wäre hinter meinem Rücken eine Tür zugeschlagen, die mich einsperrte, weit weg von allem Vertrauten und weiter denn je von Nisa.

Ich kannte niemanden hier, ich besaß weder ein Auto noch Geld, ich hatte keine praktischen Fähigkeiten, ich war handwerklich nicht besonders geschickt, hatte nie irgend etwas hergestellt, nie einen Samen gesät, keinerlei Erfahrung mit dem Landleben. Die unüberwindbaren Hürden, die sich nun vor mir auftürmten, schienen mir die logische Folge des Höllensturzes, den ich vor ein paar Monaten begonnen hatte. Ich hatte mich noch nicht daran gewöhnt, in einen Brunnen ohne Boden zu stürzen, doch inzwischen fiel ich ohne Panik. Ich akzeptierte den Sturz und setzte Prioritäten, denn ich mußte jeden Tag aufs neue die Energie aufbringen, bis zum nächsten Morgen zu überleben.

Seit Philippes Tod war ich nur noch ein Schatten auf der Suche nach etwas, das zarter war als ein dunkler Umriß vor dem Licht. Ich war unentwegt damit beschäftigt, die ringsum verstreuten Stücke meines Ichs aufzusammeln, und je mehr ich mich bemühte, sie festzuhalten, desto weiter verteilten sie sich, als reichte der einstige Zusammenhalt nicht mehr aus, sie zu vereinen. Ich durchlebte eine Art panische Betroffenheit, ein ruhiges, stummes Entsetzen, ich hatte nichts mehr im Griff, und ich wartete auf bessere Zeiten, ohne zu wissen, ob es irgendeinen Grund zur Hoffnung gab.

4

Manche Empfindungen sind flüchtig wie ein leichtes Parfum, ungreifbar und unsagbar wie die Milde der Luft oder die Textur eines Augenblicks, und dennoch verankern sie sich in unserem Gedächtnis, knüpfen sich beharrlich und unauslöschlich an einen Ort, eine Jahreszeit oder einen Menschen. Mein erster Aufenthalt in La Varenne hatte mich tief geprägt, zweifellos schärfte die Unbeschwertheit unserer jungen Liebe meine Sinne und überzog alles, was ich erlebte, mit einem besonderen Glanz. Obwohl nichts mehr war wie früher, verwies meine Rückkehr mich auf diese erste Erfahrung, die nichts vollkommen zerstören konnte. Immer wieder kam ich auf diese schönen Tage zurück, die inzwischen weit in der Vergangenheit verborgen lagen, auf Zeiten, da die Poesie noch mein ständiger Begleiter war.

Ich habe schon immer Gedichte geschrieben. Soweit ich zurückdenken kann, sehe ich mich mit den Füßen einen Rhythmus klopfen, das Reimen machte mir bereits große Freude, als ich noch ein kleines Mädchen war. Ich ging schon damals recht systematisch vor, bastelte Gedichte mit drei, vier, fünf, sechs Zeilen, Reime auf *-on*, auf *-eille*, auf *-aire*, ich berauschte mich an Alexandrinern, aber auch an Versen mit acht, sechs oder einer einzigen Silbe. Ich schrieb Sonette, Rondeaus, Villanellen und eine Menge anderes Zeug, das keinen Namen hat, weil es keiner gängigen Regel entspricht.

Ich faßte sehr früh den Entschluß, mein Leben ganz der Poesie zu widmen. Was ich dann auch tat, in den Jahren meiner Schulzeit und später an der Universität, wo ich mich voller Enthusiasmus mit sehr alten Dichtern beschäftigte, die seit vielen Jahrhunderten tot waren. Die Begeisterung über diese ersten Entdeckungen beflügelte meine Inspiration, so daß ich nebenbei euphorisch ganze Hefte und Blöcke füllte. Ich hegte keinerlei Zweifel an der Quelle, aus der ich unermüdlich schöpfte, denn da die Worte selbst mir als Sammelbecken dienten, hielt ich es für unmöglich, daß sie eines Tages versiegen könnte. Ebensowenig stellte ich mir die Frage, welche Zukunft Dichtern und ihrem Werk oft blüht. Mich damit zu beschäftigen, schien mir nicht nur unnütz und sinnlos, sondern völlig unangebracht auf dem Weg, den ich eingeschlagen hatte, und der solch alltägliche Banalitäten weit hinter sich ließ.

Ich hatte nie die Absicht, etwas anderes zu tun, als zu schreiben. Daß man seinen Lebensunterhalt verdienen, arbeiten, einen Beruf haben muß, verdrängte ich hartnäckig. Diese Tatsache wollte ich nicht sehen, ich war der festen Überzeugung, man könne sich diesen Zwängen entziehen, wenn man nur entschlossen genug war. Auch wollte ich mich auf keinen Fall der Tyrannei des Geldes unterwerfen und das Leben auf ein Bankkonto reduzieren, das gefüllt werden mußte. Kunst und Freiheit sind eng miteinander verbunden, beide verlangen vom Menschen Askese und die Ablehnung jeder wie auch immer gearteten Entfremdung. Ich stellte mir nicht die Frage, was *tatsächlich* passieren würde, weil ich einfach nicht davon ausging, daß etwas meinen Weg blockieren könnte.

Ich verlor das Ziel, das ich mir gesteckt hatte, nie aus den Augen und ging Schritt für Schritt darauf zu. Alles andere sah ich nicht. Ich hatte kein Geld, aber ich kam auch ohne zurecht. Das war eine ebenso künstlerische wie philosophische Einstellung. Bestimmt hatte mir der Umgang mit den alten Dichtern diese Unabhängigkeit schmackhaft gemacht. Dazu gesellte sich das Gefühl, in einem so reichen Land zu leben, daß die Überreste dieses ausufernden Wohlstands, ja allein die Goldsplitter, die aus den zum Bersten gefüllten Truhen sprangen, für das Überleben all der Randexistenzen reichen würden. Nicht zuletzt hielt ich es für ein hehres Unterfangen, sich einer sublimen Kunst zu widmen, die den Menschen erst zu dem macht, was er ist. Und die Welt, in der ich lebte, schien mir großen Bedarf an Poesie zu haben.

Nicht, daß ich mein Jahrhundert langweilig fände oder unwürdig oder verachtenswert, aber die Poesie ist eine der Säulen des Gebäudes, und irgendwer muß sich darum kümmern, damit das Ganze nicht in die

Brüche geht. Seltsamerweise verstehen das nur die wenigsten, und es ist ziemlich sinnlos, es irgendwem begreiflich machen zu wollen. Man erntet dafür nur Spott, wenn nicht gar unverhohlene Beleidigungen.

Aus einem mir unerklärlichen Grund begreift die große Mehrheit der Leute nicht, wie nützlich Poesie ist. Es ist überflüssig, ihnen zu erklären, daß die Welt ohne Poesie in ihr Verderben rennt. Die meisten haben keine Ahnung, wie die Dinge zusammenhängen und warum das, was sie Wirklichkeit nennen, bestehen kann, wo doch eigentlich überall Chaos und unbeschreibliches Durcheinander herrschen müßten. Andernfalls würden sie auch nicht weiter der Idee nachhängen, ihr Leben folge einem linearen Weg, eine objektive Bestimmung regiere ihr Dasein. Nur die Dichtung und die Literatur trotzen kräftigen Winden, die Bäume entwurzeln, verheerenden Wirbelstürmen, die alles zerstören, furchtbaren Katastrophen, die den härtesten Fels zermalmen. Ihre Widerstandskraft kommt einem Wunder gleich. Sie entstammt einer völlig andersartigen, der kosmischen Natur der Welt. Damit meine ich die Ordnung all dessen, was nicht zur materiellen Welt gehört, sondern Sinn stiftet – die tiefe Bedeutung der Dinge, ihren absoluten Wert.

Dies war meine Geisteshaltung, als ich Philippe kennenlernte. Ich schrieb gerade an meiner Doktorarbeit und verbrachte die meiste Zeit mit illustren Persönlichkeiten. Villon, Clément Marot und Jean de Sponde, Marguerite d'Angoulême und Joachim Du Bellay waren mir vertrauter als jeder Zeitgenosse. Philippe schaffte es, sich innerhalb weniger Tage einen

Weg zum Mittelpunkt dieses kleinen Kreises zu bahnen. Er liebte die Poesie nicht mehr als irgendwer sonst, doch wie ich hatte er beschlossen, Kunst als einzige Lesart und Schrift der Welt anzuerkennen. Er war Fotograf. Er fotografierte weder Landschaften, Menschen, Szenen aus dem Alltag, das Tagesgeschehen oder den Krieg noch Tiere, Gegenstände oder Bauwerke. Er fotografierte das Immaterielle. Das, was man nicht sehen kann. Und so erstaunlich es klingen mag, auf seinen Bildern wurden diese Dinge sichtbar. Plötzlich konnte man Phänomene sehen wie Leichtigkeit und Anmut, Schwindel, Freude, Begehren, Warten, Unrast, Ruhe. Seine Fotos benötigten keine Worte, um all dies auszudrücken.

Philippes Bilder übten einen tiefgreifenden Einfluß auf meine Dichtung aus. Ich löste mich schlagartig von dem Akademismus, den meine Lieblingsautoren von mir forderten, und befreite mich, zwar nicht von der »Materie« schlechthin, aber doch von einem gewissen Korsett, das mich einzwängte. Sicher hatte auch die Leidenschaft einen Anteil daran, daß meine Phantasie plötzlich einen Hang zu freieren, gewagteren Formen entwickelte. Es war unfaßbar für mich, daß ich früher ohne Philippe leben konnte. Daß er irgendwo existierte und ich ihn nicht kannte. Daß unsere Seelen, unsere Körper und unsere Herzen einander so nah und doch nicht vereint waren, daß ein abenteuerlicher Zufall der alleinige Grund für unsere Begegnung war. Vor allem fand ich in ihm zum ersten Mal jemanden, der meine Gedankenwelt, meine Lebenseinstellung und meine Sorgen teilte. Jedes Erklären erübrigte sich, der Austausch zwischen uns war offen und klar, unsere Herzen schlugen im Gleichklang, ebenso unsere Geister, das war offensichtlich.

Nichts nährt die Phantasie so wie die Liebe. Kummer kann sie anregen und sporadisch aufblühen lassen. Doch die Liebe transzendiert sie, läßt ihr Flügel wachsen. Mein ganzes Leben war nun ein Gedicht. Jedes noch so triviale und gewöhnliche Wort verwandelte sich unter meiner Feder in Poesie. Philippe schenkte mir das Absolute, machte mich mehr zu einer Dichterin, als ich es je gewesen war. Die Worte schwirrten um mich herum wie bunte Vogelschwärme, ich fing sie im Flug, sie folgten mir, zwitscherten mir ins Ohr, die einen zu Tode erschrocken, andere ruhig, manche waren schwer und manche ganz leicht. Die gesamte Gefühlspalette bot sich mir dar, die Sanftmut ebenso wie die Furcht, die lebhaftesten Regungen von der Ekstase bis hin zu jenem tiefen existentiellen Schmerz, der den Liebenden quält, unbedeutende und heftige Empfindungen, und eine unglaublich intensive Wahrnehmung mit allen Sinnen, die plötzlich besonders geschärft waren.

Nachdem ich Philippe kennengelernt hatte, wurde meine Einstellung noch radikaler. Schon vorher hegte ich keinen Zweifel an meinem Entschluß, nun sah ich mich durch seine Person und seine Bilder noch bestätigt. Man konnte sehr wohl sein Leben der Kunst widmen und seinen Platz in der Welt finden.

5

Anfangs rührte ich nichts im Haus an. Ich hätte dringend ein bißchen aufräumen müssen, doch ich verschob es immer auf den nächsten Tag. Es wollte mir nicht in den Kopf, daß ich länger bleiben würde, der Gedanke, hier zu wohnen, schien mir völlig abwegig, fast hirnrissig. Ich fühlte mich wie auf der Durchreise, nur zu Besuch. In den ersten Nächten schlief ich angekleidet auf dem Sofa im Wohnzimmer. Ich konnte mir nicht vorstellen, mich richtig ins Bett zu legen. Das war meine Antwort auf die Mutlosigkeit, die mich jeden Morgen überkam, wenn ich aus dem Schlaf erwachte und der ranzige Geruch des Hauses und die undurchdringliche Stille über mich hereinbrachen.

Der Putz löste sich in Klumpen von den Wänden, die am Boden in Stücke und dann zu feinem Staub zerfielen. An manchen Stellen auf dem Fußboden häufte sich das Sägemehl aus den Wurmlöchern im Dachbalken zu kleinen Kegeln auf, um die ich einen Bogen machte, ohne auf die Idee zu kommen, sie wegzufegen. All diese Morschheit, dieser Verschleiß störten mich, doch ich konnte mich nicht dazu durchringen, etwas dagegen zu tun. Es war mir unmöglich, von einem Extrem ins andere zu wechseln, von den Wochen auf der Straße in ein gemütliches Zuhause, sauber und behaglich. Ich war glücklich, ein Dach über dem Kopf zu haben, ein richtiges Badezimmer, auch wenn es morgens eiskalt war, eine Tür, die ich hinter mir zumachen konnte, Sessel, in die ich mich hineinkuscheln konnte, doch es gelang mir nicht, all das so schnell in Beschlag zu nehmen wie bei einem normalen Umzug. Ich machte mich nach und nach mit meiner neuen Umgebung vertraut, so gewann ich allmählich Abstand zu meiner Zeit im Staub und im Dreck.

In der Küche fand ich einige Konservendosen, Linsen mit Speck, Sauerkraut, Pastete, Erbsen, Ölsardinen. Bei den meisten war das Haltbarkeitsdatum längst überschritten. Ich aß sie trotzdem. Ich verbrauchte auch die Nudeln, den Reis, die Tomatensauce, die Marmeladen, die Kekse und den Zucker. Ich brauchte den löslichen Kaffee, das Kakaopulver und die Teebeutel auf. Brot holte ich mir im Dorf. So ernährte ich mich ungefähr zwei Wochen lang und mußte in dieser Zeit weder kochen noch Geschirr spülen. Die Dosen stellte ich zum Aufwärmen direkt auf den Herd, und die Nudeln aß ich aus dem Topf. Mit der Zeit traute ich mich, einen Teller, ein Glas aus dem Geschirrschrank zu holen, und aß im Wohnzimmer am Tisch, statt im Stehen in der Küche.

Irgendwann griff ich schließlich auch zum Besen und beseitigte den ganzen Dreck, der auf dem Boden klebte, eine Mischung aus Staub, Matsch von den Schuhsohlen, zerbröckeltem Putz und toten Insekten. Ich nahm die Schonbezüge von den Sesseln und wischte die Möbel ab, manche mit einem feuchten Schwamm. Ich klopfte die Teppiche aus. Erst danach bezog ich das Bett und schlief zwischen richtigen Laken, die ich in der Sonne auf dem Gras ausgebreitet hatte, als einmal sehr schönes Wetter war.

In den ersten Wochen hielt ich mich die meiste Zeit draußen auf. Es war Herbstanfang, die Natur legte ihr goldenes und flammenfarbenes Gewand an, und an besonders sonnigen Tagen herrschte ein wunderbares Licht, das der Landschaft eine überwältigende Schönheit verlieh. Ich war lange nicht mehr auf dem Land gewesen und ganz hingerissen von den herrlichen Farben, die mich zugleich in tiefe Melancholie stürzten. Es brach mir das Herz, all dies nicht mit Nisa teilen zu können. Die Dämmerstunde der Natur, die ihre letzten Lichter entfachte, bevor sie im winterlichen Grau versank, bekam einen bitteren Beigeschmack und rief die Erinnerung an meine Toten in mir wach. Natürlich dachte ich an Philippe, doch auch an all die anderen, die im Laufe der Zeit verstorben waren. Und es kam vor, daß ich einen Weg entlangging oder über eine Wiese lief und mir plötzlich die Traurigkeit die Kehle zuschnürte und ich schluchzend in Tränen ausbrach.

In den ersten Tagen bin ich viel marschiert. Ich ging einfach los, folgte den vielen kleinen Dorfstraßen, die kreuz und quer durch das Land führen und Täler und Hügel mit einem feinen Netz überziehen. Ich lief einfach drauflos, bog an Verzweigungen und Abhängen mal rechts, mal links ab, je nach Lust und Laune. Ich entdeckte die Leere und die Stille der Natur, diesen tiefen Dämmerzustand, von dem man nicht weiß, ob er sich erst nach dem Fortgang der Bauern über den Raum außerhalb der Städte gelegt hat oder ob er zu allen Zeiten existierte und man ihn nur vergessen hat. Selbst die Dörfer wirkten wie ausgestorben. Hier und da gab es zwar Häuser, Bauernhöfe, Gardinen an den Fenstern, eine dünne Rauchfahne über einem Schornstein, doch man sah niemanden in der unmittelbaren Umgebung. Es war, als hätten die Menschen der Gegend den Rücken gekehrt und nur überlebte, veraltete, unzeitgemäße Spuren ihrer einstigen Anwesenheit zurückgelassen.

Hin und wieder begegnete ich einem Auto, das plötzlich hinter einer engen Kurve auftauchte, oder einem dieser modernen Traktoren, gefahren von einem jungen Bauern mit abwesendem Blick, Zentaur der modernen Welt, Maschinenmensch ohne Lächeln. Manchmal konnte ich im Spiegelbild des Fensters verschwommen die Kontur eines Gesichts erkennen, das im Schutz des Schattens verharrte.

Ich stieß überall auf Verwahrlosung, morsche Dächer, geschlossene Fensterläden, verriegelte Häuser, von hohem Gras bedeckte Gärten und von Misteln und Efeu überwucherte Bäume. Die Blumen in den Gärten welkten, Dahlien und Schmuckkörbchen in allen Farben, niemand schnitt die Rosen, das Obst an den Bäumen wuchs, reifte und fiel herunter, und keiner sammelte es ein. Ich pflückte Birnen, Äpfel, Haselnüsse, Walnüsse und Kastanien, ich aß Brombeeren und saure Trauben am Straßenrand, lilafarbene Feigen, Walderdbeeren, ich füllte ganze Körbe mit Pilzen. Ich legte mir einen Vorrat an.

Ich erkundete alle Straßen in der Gegend, es gab keinen Weg, den ich nicht kannte. Manchmal begegnete ich den ganzen Tag keinem Auto. Fußgänger gibt es anscheinend nicht mehr. Wenige Fahrräder, gefahren von alten Männern mit blauem Rippenpulli und flacher Schirmmütze auf dem Kopf. Keine Cafés, nur hier und dort mal eine Bäckerei.

Man hätte meinen können, das menschliche Leben habe angehalten und Tieren und Pflanzen das Feld überlassen. Die Ruhe und Stille wurde nur von Düsenjägern zerrissen, die den Himmel paarweise durchschnitten, dröhnend wie eine Rakete auf dem Weg zu ihrem Ziel. Die ganze Menschheit hatte sich in Luft aufgelöst, und mit ihr alles, was sie gewöhnlich ausmacht und umgibt. Zum Beispiel gab es so gut wie keine Geschäfte, und in den wenigen vorhandenen waren die Regale leer, wie in der Bäckerei von Saint-Loup, wo nie mehr als drei Brote und ein paar dünne Baguettes auslagen. Da ich beschlossen hatte, kaum noch etwas zu kaufen, empfand ich das Fehlen von Konsumprodukten in einem relativ großen Gebiet (die nächste Stadt war zehn Kilometer entfernt) als eine positive Überraschung. In Paris hatte ich mich daran gewöhnt, ohne all dies auszukommen, im Vergleich dazu genoß ich hier unerhörten Luxus. Nicht nur, daß ich ein Haus hatte, es war auch mit fast allem ausgestattet, was man für das alltägliche Leben braucht. Nur eine Heizung, Strom, warmes Wasser und Licht fehlten. Das Wasser erwärmte ich auf dem Herd. Abends zündete ich Kerzen an und machte Feuer im Kamin. Ich ging früh schlafen.

6

Fast zwei Monate lang lebte ich auf der Straße. Ich hatte keine andere Wahl. Und außerdem war es mir egal. Das Wertvollste, was ich auf der Welt besaß, hatte ich verloren, es kümmerte mich nicht, was noch auf mich zukommen würde. Ich habe nicht mal nach einer anderen Lösung gesucht. Kurz vor der Zwangsräumung kam eine Dame und holte Nisa ab. Dieselbe war einige Tage zuvor schon einmal erschienen und hatte mich überredet, die Kleine den »zuständigen Stellen« anzuvertrauen, wie sie es mit ihrer schrillen Stimme nannte. In der seelischen Verfassung, in der ich mich befand, hätte man mich zu allem überreden können. Niedergeschmettert von Philippes Tod, erschöpft von den letzten Wochen seiner Agonie, in denen ich Tag und Nacht bei ihm gewacht hatte, überfordert mit Nisas Fragen, die ich als Antwort nur schluchzend in meine Arme schloß, graute mir vor dem Augenblick, da ich mit einem kleinen fünfjährigen Mädchen auf der Straße landen würde. Die Trauer und die Niedergeschlagenheit machten mich wie benommen und raubten mir den klaren Verstand. Ich ließ Nisa gehen, weil es wohl das Beste für sie war.

Am nächsten Abend kamen die Gerichtsvollzieher. Ich begriff etwas zu spät, daß sie nur auf grünes Licht von den »zuständigen Stellen« gewartet hatten. So lange Nisa bei mir war, konnten sie mich nicht vor die Tür setzen. Die Miete war seit sechs Monaten nicht bezahlt. In der Post fand ich nur noch Mahnungen und Briefe von Gläubigern. Der Notar, der Philippes Nachlaß verwaltete, hatte mir versichert, ich könne in den nächsten Wochen mit meinem kleinen Erbe rechnen. Ich hatte noch ein paar Geldscheine und etwas Kleingeld, das war mein ganzer Reichtum. Als ich mich schließlich auf der Straße wiederfand, verfiel ich in einen Stumpfsinn, der an Apathie grenzte.

Ich ging einen Boulevard entlang, nicht schnell, denn ich hatte es nicht eilig. Ich sah ähnliche Leute wie mich, mit großen Taschen, manche mit Hunden. Ich gehe nach Hause, sagte ich mir immer wieder. Ich gehe nach Hause. Statt dessen irrte ich weiter durch die vertrauten Straßen der Stadt, in der mir nichts fremd war, deren Gebäude, Kreuzungen, Cafés, Gehwege und Viertel ich in- und auswendig kannte. Ich bin hier zu Hause, das ist meine Stadt. Hier habe ich gewohnt, und es ist immer noch mein Zuhause, sagte ich mir, wenn die Not und die Verzweiflung zu groß wurden, das Entsetzen und die Panik. Meine Beine trugen mich, sie gingen mit regelmäßigem, ruhigem Schritt voran, ohne zu zittern, aber meine Hände krallten sich an den Henkel meiner Tasche, drückten ihn so fest, daß die Gelenke schmerzten. Am liebsten wäre ich in Tränen ausgebrochen, doch ich hielt mich zurück, ich wollte nicht auf der Straße weinen. Ich würde warten, bis es dunkel war und die Straßen leergefegt. Ich ging weiter, die Straße war mein Zuhause.

In meinem Kopf schwirrten Gedankenfetzen umher, ich konnte nichts zu Ende denken. Ich blieb stehen: Konzentriere dich. Doch die Gedanken waren nicht zu fassen, wirbelten auseinander wie in einem Sturm, wie eine Sternwolke. Ich verlor den Boden unter den Füßen. Nur nicht stehenbleiben. Ich ging weiter, langsam, während die anderen ringsum, die es so eilig hatten, mir fast im Laufschritt auswichen oder mich überholten, geschäftig, bebend vor lauter Hektik und Wichtigkeit, gleichgültig und blind. Hin und wieder begegnete ich jemandem, der ähnlich verstört und geistesabwesend war wie ich, einem von der anderen Seite.

Ich stand so unter Schock, daß ich vergaß, mich auszuruhen, bis meine Beine, die mich seit dem Morgen tapfer getragen hatten, plötzlich nicht mehr weiterlaufen wollten. Das Tier in mir war meine Rettung, die Muskeln und Venen, die Nerven und Gelenke. Die erste Nacht verbrachte ich auf einer Bank, das fand ich nicht so schlimm wie die Vorstellung, mich auf dem Gehweg auszustrecken. Komischerweise schlief ich wie ein Stein. Es war das erste Mal seit Wochen, daß ich mich dem Schlaf richtig hingab. Als ich aufwachte, war das Morgengrauen längst vorüber und der diesige

Himmel kündigte einen schwülen, stickigen Sommertag an.

Anfangs suchte ich noch unentwegt nach dem idealen Versteck, nach einer geschützten Ecke. Ich lief kilometerweit, ich wollte auf Teufel komm raus einen Schlupfwinkel finden, einen Ort, den ich zu meinem machen konnte. Aber kaum hatte ich einen akzeptablen Platz entdeckt, wurde ich wieder verjagt, vom Lärm, einem Hauswart, Hunden, anderen Bewohnern, Straßenkehrern, Lieferanten oder Zugluft. Ich mußte mich erneut auf die Suche begeben, die verzweifelte Pirsch begann von vorn. Obwohl es bereits Juli war, wurde Paris nicht leerer. Es war heiß, und in den Straßen wimmelte es von Müßiggängern, die bis spät in die Nacht die Terrassen der Cafés, die Straßenbänke und Uferstraßen bevölkerten.

Überall sah ich Philippe. Eine Silhouette, die in der Ferne die Straße überquerte, ein Mann, der auf mich zukam, eine vertraute Erscheinung in der Menge. Die Illusion verflog schnell, doch sie wiederholte sich mehrmals täglich, zumal ich keinen Ort hatte, an den ich mich zurückziehen konnte. Meine Seele brauchte wohl einen Schmerz, um sich an ihn zu klammern, denn meine Beine trugen mich in jene Viertel, in denen ich früher verkehrte, in Straßen, wo eine Freundin oder mein Zahnarzt wohnten oder wo ich schon einmal eine Formalität zu erledigen hatte, auf einer Botschaft oder einem Amt. Mein früheres Leben wurde wieder lebendig. Ich ging an Restaurants vorbei, in denen ich gegessen hatte, an Gebäuden, die ich betreten hatte, um einer Einladung zu folgen. Ich überquerte Brücken, die ich an Philippes Seite passiert hatte, ich verweilte in Parks, durch die ich mit Nisa spaziert war.

Doch die Stadt war nicht mehr dieselbe, sie hatte ihre lebendige Schönheit verloren, ihren strahlenden, leuchtenden Glanz, ihr sublimes Licht am Beginn und am Ende des Tages. Ein Schleier hatte sich vor meinen Blick gesenkt und machte es mir unmöglich, ihre Anmut wahrzunehmen. Alles war grau und schmutzig wie Staub, ein Mantel aus Asche lag über der Innenstadt, als ich sie nun auf der Suche nach einem Bau, einem Versteck, einem Unterschlupf durchstreifte.

Es dauerte einige Zeit, bis ich aufgab, bis ich akzeptierte, daß es keine Bleibe mehr gibt, wenn man seine Wohnung verloren hat. Ich hörte auf zu suchen und betrachtete meine Situation unter einem neuen Aspekt, dem Aspekt des Raums. Das war der erste Schritt der Auflösung meines Daseins, doch das wußte ich noch nicht.

Den offenen Raum zu bewohnen, ist sicher die merkwürdigste Erfahrung, die ich in meinem Leben gemacht habe. Man stößt nie an Grenzen, denn man hält sich draußen auf, außerhalb von Mauern und Wänden, jenseits der Türen. Man kann nirgends hineingehen oder hinaus, denn man ist längst draußen, evakuiert, ausgeschlossen vom heimeligen Innenraum, vom abgeriegelten Bereich des Hauses. Seltsam, sobald man die Außenwelt, die Stadt in ihrer ganzen räumlichen Ausdehnung bewohnt, wird man ein Fremder, jemand, der nicht von hier ist.

Ich hätte mich gern mit jemandem unterhalten, über den Regen oder den Sonnenschein gesprochen, irgendein Gespräch geführt, und sei es noch so kurz und belanglos. Nicht in den ersten Tagen – am Anfang mußte ich erst all das andere durchstehen und überwinden –, aber nach einer Zeit bekam ich Lust, ein paar Worte zu wechseln. Nur um mich zu vergewissern, daß ich noch Teil einer Gemeinschaft war – gerade in dem Moment, als ich sie verließ. Alle, mit denen ich zu sprechen versuchte, entzogen sich. Ich verstand nicht, was mir fehlte, was mich auf einmal zu einer Person machte, mit der man keinen Umgang wünschte. Ich lebte auf der Straße, sicher, aber ich blieb doch dieselbe Frau. Ich war weder verrückt noch schlecht erzogen, ich war durchaus gebildet und konnte klar denken, ich war in der Lage, Ideen auszutauschen, von Banalitäten ganz zu schweigen. Aber nein, niemand wollte mit mir reden.

Ob es daran lag, daß ich schmutzig war? Schlecht gekleidet? Wovor hatten die Leute Angst, wenn sie sich leicht indigniert abwandten? Sie lebten in einer Welt, aus der ich ausgeschlossen war, das reichte, um jeden Dialog schon im Ansatz zu ersticken. Sie wachten morgens in ihrem Bett auf und tranken in der Küche Kaffee, ich erwachte angezogen auf dem Gehweg und trank gar keinen Kaffee mehr. Sie traten auf die Straße, um zur Arbeit zu gehen, ich klaubte meine Sachen zusammen und machte mich auf die Suche nach einer anderen Straße, um mich dort stundenlang zu langweilen. Sie hatten es jetzt schon eilig, getrieben von der Hektik des neuen Tages, ich schleppte mich durch die Gegend, zerschlagen seit dem Morgen bei dem Gedanken an meine ausweglose Lage und an das Fehlen jeder Perspektive.

Im Grunde genommen hatte ich gedacht, es sei damit getan, daß ich mir eine andere Sicht zu eigen machte, ich hatte geglaubt, die Veränderung meiner Stellung, meines Status würde nichts daran ändern, wer ich wirklich war. Nun gut, ich befand mich in einer schwierigen Phase. Die Umstände, die äußerst schlechten Umstände, die diesen Schritt ins Leere begleiteten, machten den Untergang unübersehbar. Aus der Tiefe meines Absturzes schloß ich, daß mein Wiederaufstieg um so schneller erfolgen würde. Das sagte ich mir nicht wirklich, ich drückte es nicht so aus, aber dieses Gefühl motivierte mich und hielt mich zum Beispiel davon ab, mir Unterstützung zu suchen oder doch endlich das bißchen Hilfe anzunehmen, das mir noch zur Verfügung stand. Ich wollte ganz unten ankommen. Doch man kommt nie ganz unten an, wenn der Raum völlig offen ist, man löst sich in der Ausdehnung auf, man verliert sich mit Leib und Seele, und ohne es zu merken, durchtritt man das, was man für den Boden des Abgrunds hielt.

Ich konnte mir noch so sehr einreden, ich sei nach wie vor ein Mitglied der Gesellschaft, ein Teil von ihr, das winzige Atom eines riesigen Organismus, es traf nicht mehr wirklich zu. Sicher, ich existierte, so wie die Bäume am Straßenrand oder die Tauben auf der Dachrinne, aber im Bewußtsein der anderen kam ich nicht vor. Ich lebte am Rande ihrer Wahrnehmung, außerhalb ihrer unmittelbaren Umgebung, ihres *Milieus*. Für mich gab es so etwas wie ein Milieu nicht mehr.

7

Jahrelang verkehrte ich mit Schriftstellern, Malern, Künstlern, Fotografen und Theaterautoren. Ich lebte die Schwärmerei beseelter Dichter, ging begleitet von ihrer großen Liebe durch das Leben und schöpfte immer neue Inspiration aus der Verbindung von Kunst und Leidenschaft. Ich war jung, die Welt lächelte mir zu, ich lebte in einer Art Traumwelt, weit entfernt von der rauhen, unerbittlichen Realität, von Arbeit, Pflicht und täglichem Einerlei. Das waren schöne Jahre. Philippe war ein sanfter Mensch, sehr ruhig, äußerst sensibel und still. Mit ihm zusammenzusein war ein bißchen, als teilte man sein Leben mit einer Katze. Er hatte übrigens auch die Augen einer Katze, hellgrün mit bronzefarbenen Sprenkeln, und sah außergewöhnlich gut. Sein Fotoapparat verlängerte seinen Blick wie eine monströse Wucherung am Auge. Er war ganz und gar den Bildern zugewandt, er erlebte den Raum visuell und erst in zweiter Linie rational. Dennoch war ich immer wieder verblüfft über die Klugheit seines Blicks, meine Weltwahrnehmung war sehr viel allgemeiner.

Manchmal begleitete ich ihn auf seine fotografischen Expeditionen. Bei ihm war nichts von vornherein festgelegt. Er verließ sich in erster Linie auf das Licht, ein bestimmtes Objekt hatte er nicht im Sinn. Wenigstens ließ er sich nie darüber aus. Er konnte morgens eine halbe Stunde lang mit der längst leeren Kaffeetasse am Fenster stehen, den Blick in den Himmel gerichtet, über die Dächer, die Stadt. Wenn er zurück ins Wohnzimmer kam, hatte er dieses zaghafte Lächeln auf den Lippen, das er trug, wenn er sich weit entfernt, sich in seinen Gedanken fast verirrt hatte, in einem undurchdringlichen Gewirr von Bildern und Visionen. Dann schlüpfte er in seine kurzen Stiefel mit den weichen Sohlen. Es war ein guter Tag, um zu fotografieren. Draußen ließ er sich von den Dingen führen, die ihn anzogen. Die größte Überraschung erlebte ich beim Betrachten des Resultats. Ich war dabei, als er die Fotos aufnahm, doch ich hätte mir nie vorstellen können, was dabei herauskam, wenn man das Papier nach einigen Minuten aus den Bädern nahm und das Bild noch nicht sehen konnte: ein ausdrucksstarkes und komplexes, fast belebtes Foto, das etwas Wirkliches darstellte, aber auch eine eigene virtuelle Existenz besaß, eben wie ein Bild, das aus dem Nichts kommt, aus einer Dimension ohne Raum und Zeit, außerhalb der Welt. Ein Bild des Universums. Philippes Fotografien waren außerordentlich poetisch.

Ihr Anblick inspirierte mich zu zahlreichen Gedichten. Doch was künstlerisches Schaffen bedeutet, verstand ich am besten, wenn ich den Menschen hinter der Linse beobachtete. Wenn ich sah, wie er sich dieser inneren Freiheit hingab, die keine Schranke, kein Hindernis kennt. Sicher, ich war schon Dichterin, bevor ich ihn kennenlernte, doch ich hatte mich nie mit den Bedingungen meines kreativen Tuns beschäftigt, mit dem Hintergrund, vor dem es sich ausbildet und entwickelt. Auch nicht mit der für seine Entfaltung unabdingbaren Freiheit, dieser einzigartigen, wertvollen Freiheit, die Wiege und Kind zugleich ist, Erde und Samen, Luft und Atem.

Mit Philippe näherte ich mich dem mysteriösen Kern des Geschehens, der das Vulgäre in etwas Sublimes verwandelt, das Eine in etwas Universelles und der in strahlendem Licht aufglänzen läßt, was in finsterstem Schlamm begraben war. Zwar habe ich das eigentliche Wesen dieser Metamorphose nicht verstanden und konnte diese rätselhafte Alchemie nicht in eine verständliche Sprache übertragen, aber immerhin sah ich einem Künstler bei seinem Schöpfungsprozeß zu.

Es ist ein hartes Stück Arbeit, sich von seinen Meistern zu befreien. Ich hatte über lange Zeit regelmäßig mit großen Dichtern zu tun gehabt, die seit Jahrhunderten als Genies galten, und mußte diesen Weg in umgekehrter Richtung zurücklegen, um mich wieder von ihnen zu trennen. Doch ich war einfach fasziniert von Philippes unverbrauchtem Blick, seiner mangelnden Bildung, seiner Spontaneität, seinem sicheren Urteil. Vielleicht ist es den Begabten gegeben, sich das Lernen und sogar die Anstrengung zu sparen. Philippe hatte ein solches Talent, daß seine Gabe ihn fast zu einem Werkzeug machte, im Dienste der Kunst. Ihr folgte er auf unbekannte Wege, vor denen jeder andere zurückgeschreckt wäre. Seine größte Stärke war diese rückhaltlose Hingabe an das Unvorstellbare, das ihn in gefährliche Bereiche drängte, an die äußerste Grenze seiner Persönlichkeit. Das machte ihn wohl auch so schweigsam und bisweilen melancholisch. Er hatte einen intimen und wertvollen Teil seiner selbst dieser verzehrenden Leidenschaft geschenkt, die ihn nun unermüdlich gängelte und quälte. Es war wie ein Pakt mit dem Teufel. Was er einmal gegeben hatte, konnte er nicht zurückverlangen, die Flucht nach vorn war seine einzige Chance, er mußte immer etwas schneller sein, einen Vorsprung haben, was sein größtes Glück und zugleich sein bitterstes Leid bedeutete.

Ungefähr zu der Zeit, als wir unsere Wohnung fanden, begann ich meine Gedichte verschiedenen Zeitschriften anzubieten. Einige wurden veröffentlicht, und irgendwann entschloß sich ein Verlag, meine erste Lyriksammlung zu drucken. Es wurde ein schöner kleinformatiger Band mit gaufriertem Umschlag in Flieder, der um die fünfzig Gedichte enthielt. Das Logo des Verlags unten auf der ersten Seite stellte ein Seeungeheuer dar, halb Delphin und halb Seepferdchen, getragen von einer Schaumkrone. Es folgten zwei weitere Bände, dann publizierte ein anderer Verleger meine Doktorarbeit. Ich bekam kein Geld dafür, und es hätte mich auch erstaunt, wenn es anders gewesen wäre. Doch ich bekam ein Stipendium von einer Stiftung und den dazugehörigen Lyrikpreis. Bei der öffentlichen Verleihung hielt ich eine Dankesrede in einem Saal, dessen Decke mit Vergoldungen übersät war.

Ich wurde zu Lesungen eingeladen, in kleine Buchhandlungen oder in Wohnungen, die Leute saßen auf Klappstühlen und lauschten andächtig, man hätte eine Stecknadel fallen hören können. Nach der Lesung gab es immer Wein, und die Stille wich dem Gemurmel der Stimmen. Ich konnte nicht anders, als an die alten Griechen zu denken, an deklamierende Poeten und aromatischen Wein aus Korinth. Ich lernte andere Dichter kennen, die mich einluden, gemeinsam mit ihnen in Anthologien zu publizieren. Daraus entstanden meist sehr elegante Werke, mit Illustrationen, auf schönem Papier gedruckt, manchmal mit Bleilettern, wie früher. Bezahlt wurde niemand.

Die Poesie will von Geld nichts wissen, und das Geld verachtet sie dafür. Diese gegenseitige Gleichgültigkeit habe ich immer für gesund gehalten. Wenn es etwas gibt, das sich dem Marktwert entzieht und dem Prinzip des Kapitals widersetzt, dann ist es die Kunst. Man kann ein Kunstwerk auf seinen Preis reduzieren, doch der wird nie seinem realen Wert entsprechen. Nicht mal einem winzigen Teil seines Wertes. Nicht weil dieser sehr viel höher wäre als die Summe, mit der man es erwerben könnte, sondern weil er sich nicht mit Geld messen läßt. Geld hat mit Kunst nichts zu tun. Je weiter man es davon fernhält, desto besser für das künstlerische Schaffen.

Philippe verkaufte seine Fotos nicht. Er stellte sie aus, doch er wollte nicht, daß sie den Status einer Ware erlangen. Er zeigte sie nur in bestimmten Kontexten, in kleinen Museen oder kulturellen Einrichtungen. Nie in einer Galerie. Um den Lebensunterhalt zu bestreiten, fotografierte er Töpfe für einen berühmten Koch. Und ich redigierte Artikel für einen Schulbuchverlag und bereitete die Manuskripte für den Druck vor. Diese Arbeit war nicht sehr interessant, manchmal sogar stumpfsinnig, aber sie war schnell erledigt. Zweimal bekam ich als Vertretung eine Assistentenstelle an der Universität, doch jeweils nur für ein Semester.

Wir lebten in einer recht großen Wohnung in einem heruntergekommenen Haus, dessen Besitzer sich weigerte, irgendwelche Renovierungen vorzunehmen. Wegen des jämmerlichen Zustands der sanitären Anlagen und der zugigen Fenster war die Miete nicht hoch. All dies störte uns nicht im geringsten, wir lebten inmitten von Büchertürmen und Flaschen mit Entwickler und Fixierer, ohne feste Arbeitszeiten und sonstige Zwänge. Die Wohnung war eine Art brodelndes Labor, in dem die Welt jeden Tag neu erschaffen wurde. Freunde kamen vorbei, wir redeten stundenlang und lasen gegenseitig unsere Texte, wir besuchten die Maler in ihren Ateliers, um die neuesten Bilder zu begutachten, wir schauten uns die Theaterstücke unserer Freunde an. In der kleinen Clique, der wir angehörten, herrschten eine Askese und ein Streben nach Intensität, die wenig Raum ließen für Kompromisse. Außenstehende hielten uns wahrscheinlich für Spinner, wenn nicht schlimmer. Unsere Familien hatten nicht das geringste Verständnis und kritisierten uns heftig. Ich hatte mich mit meinen Eltern zerstritten, weil sie von mir erwarteten, daß ich mir einen *anständigen* Beruf suchte.

In diesem Punkt waren Philippe und ich uns einig. Es fehlte uns an nichts. Oder vielmehr bekam man das, was wir benötigten, ohnehin umsonst. Beobachtungsgabe, Sensibilität, Weltoffenheit, Phantasie, Licht, Farben, Emotionen, Freiheit: Das waren die Dinge, die wir brauchten. Das Materielle regelte sich dabei von allein. Wenn wir zu Geld kamen, kauften wir uns solide Schuhe und qualitativ hochwertige Kleidung, die noch nach Jahren aussah wie neu. Wir beglichen unsere Schulden und aßen im Restaurant. In den mageren Zeiten nahmen wir Essenseinladungen von langweiligen Leuten an, die ihre Gäste ordentlich zu beköstigen wußten, oder wir blieben zu Hause, und diese Momente der Zweisamkeit erwiesen sich oft als sehr produktiv. Wir arbeiteten bis spät in die Nacht. Philippe las oder machte Skizzen, ich kritzelte kleine Gedichte aufs Papier. Wenn es in der Wohnung kalt war (die elektrischen Radiatoren schalteten wir nie ein), bauten wir auf dem Bett ein Nest aus Decken und Kleidern und verbummelten den ganzen Tag in diesem Kokon. Oder wir gingen hinaus, und Philippe machte Fotos in dieser so besonderen, schwebenden Atmosphäre des winterlichen Paris. Wenn wir zurückkamen, gab uns eine heiße Tasse Tee das Gefühl, von kuscheliger Wärme empfangen zu werden.

8

Als ich eines Morgens aufwachte, hatte es draußen gefroren. Das Gras und die Sträucher waren von Reif überzogen, winzige Eiskristalle glitzerten unten an den Fensterscheiben. Die Landschaft lag unter einem undurchdringlichen Schleier von Nebeldunst, alles schien erstarrt in der plötzlichen Kälte. Ich klebte mit der Nase am Fenster und betrachtete die weiß bepuderten Felder, und als die Kälte mich umfing – auch drinnen begann die Temperatur zu sinken –, wurde mir schlagartig klar, wie weit das Jahr schon fortgeschritten war. Ich hatte es kaum geschafft, das Haus ein wenig bewohnbarer zu machen, und ich war immer noch nicht tatkräftiger als am Tag meiner Ankunft. Es war völlig unmöglich, Nisa herzuholen.

Der Gedanke an Philippe ließ mir keine Ruhe. Meine täglichen Märsche hatten nur das eine Ziel, die große Traurigkeit in meinem Herzen zu vertreiben, den harten und glatten Block zu zerstören, gegen den mein Begehren und meine Obsession prallten, ein nicht greifbares Hindernis, das weder zu sehen noch zu packen war. Ich hatte es nicht einmal bis in die kleine Stadt geschafft, nur bis zum nächsten Dorf, um mich mit Brot und Keksen einzudecken. Ich aß wenig und ohne großen Appetit. Nachdem ich die Vorräte im Haus aufgebraucht hatte, ernährte ich mich ausschließlich von Dingen, die ich auf meinen Spaziergängen fand, was im übrigen viel gesünder war als abgelaufene Konservendosen.

Jeden Tag verschob ich den Ausflug in die Stadt. Mich schreckte weniger die Entfernung als der Kontakt mit der Außenwelt, der Blick der anderen und meine eigene Unsicherheit. Ich mußte einen Weg finden, meine Situation wenigstens nach außen hin zu rechtfertigen, mußte wenigstens den Eindruck erwekken, dazusein, richtig hier zu leben, und nicht wie ein Gespenst durch Wald und Feld zu geistern. Aber wo war das Leben in diesem unbewohnten Landstrich, wo waren die Männer, die Frauen und die Kinder?

Ich ging in die Stadt. Nach einem zweistündigen Marsch erreichte ich das Zentrum des Marktfleckens, einen friedlichen Ort, wie es Hunderte gibt, Hauptstraße, gedrungene Häuschen rings um Kirche und Rathaus, Marktplatz, Lebensmittelhändler, Supermarkt mit angrenzendem Parkplatz, Haushaltswaren und Gartenartikel. Cafés, Bewohner, Zeitungen, Autos, Plaudereien, Geräusche, ruhige Betriebsamkeit, bürgerlich und bäuerlich zugleich, gemächliches Treiben, eine gewisse Herzlichkeit, allgemeine Vertrautheit.

Es war klirrend kalt, die Luft prickelte in meiner Nase, die Sonnenstrahlen brachten alles, was sie berührten, zum Glitzern, es war einer dieser wunderschönen strahlenden Herbsttage. Ich lief durch die Straßen der kleinen Stadt, in der Hand ein Baguette, und fühlte, wie mich plötzlich neue Energie durchströmte, durch die einfache Tatsache, daß ich aus der Einsamkeit aufgetaucht war, in der ich mich seit Tagen vergraben hatte. Da ich niemanden sah, mit niemandem sprach, durch eine beinah menschenleere Landschaft wanderte, hatte ich vergessen, daß ich in einer Gesellschaft lebte. Und auch meine Gedanken hatten seit Philippes Tod noch nicht ihren eigenen Rhythmus wiedergefunden …

Alles schien mich mit Verzögerung zu erreichen, als wäre ich nicht mehr imstande, die Dinge in Realzeit zu begreifen, in jenem Moment, wo sie geschahen, und sie als das zu nehmen, was sie waren. In den Wochen in Paris hatte sich das besonders deutlich gezeigt. Die ständige Sprachlosigkeit und Angst hatten mich so geschwächt, daß ich irgendwann nur noch apathisch vor mich hin vegetierte, unfähig, einen Gedanken zu fassen oder mir eine Meinung zu bilden. Ich ertrug alles, was mir widerfuhr, ohne darauf zu reagieren, wie ein geprügeltes Tier, das nicht versteht, wie ihm geschieht. Dieser Zustand hielt immer noch an, er verdunkelte mir die Gegenwart und minderte meine Wachsamkeit, er nahm mir die Fähigkeit, einer Sache vorzugreifen und den Ereignissen ins Auge zu sehen.

An jenem Tag fragte ich mich, warum ich nicht schon früher hergekommen war. Zwar ließ sich die Lösung meiner Probleme hier auch nicht erkennen oder war in greifbare Nähe gerückt, aber der Kontakt mit einer vertrauten Struktur – eine Stadt, und sei sie noch so klein – und mit anderen Menschen – seien sie noch so fremd und unbekannt – gab mir Orientierungspunkte, die mich sofort beruhigten, Zuversicht und Hoffnung auf eine mögliche Zukunft. Es bereitete mir Vergnügen, auf einer Bank in der Sonne zu sitzen und frisches Brot zu essen, gegenüber einer Kirche mit schiefergedecktem Dach, und Leute vorübergehen zu sehen, manche allein, andere in Begleitung, die noch Sekunden später das Echo ihrer Unterhaltung zurückließen.

In diesem Moment fühlte ich mich mit meiner Umgebung verbunden. Bestimmt hatte das mit dem goldenen Licht zu tun, das alle Konturen und Kontraste hervorhob, doch auch mit unzähligen nicht greifbaren Details, die ein jedes in Verbindung traten mit einem winzigen Teil meiner Seele und meiner Sinne, in einer Begegnung auf verschiedenen Ebenen, einer plötzlichen Harmonie. Ich hätte nicht erklären können, warum ich mich wohl fühlte, aber mir war, als käme mit wochenlanger Verspätung und langsamen Schritten ein großer, nach wie vor unberührter, aber nun aktiver Teil meines Innenlebens in Bewegung.

Mein Besuch in der Stadt hatte die Wirkung eines Peitschenhiebs. Es war höchste Zeit, Nisa abzuholen, ich hatte nicht vor, noch mehr Zeit mit Warten und Trauern zu verbringen. An den Tagen danach nahm ich mir viel vor. Es war kalt, ich mußte mich bewegen, damit mir warm wurde, und man konnte Stunden darauf verwenden, das Haus ein bißchen farbenfroher und gemütlicher zu gestalten. Ich erledigte größere Hausarbeiten und die Wäsche, ich stellte Möbel um, trug Gegenstände hin und her, nahm Stoffbahnen aus den Schränken, probierte ein paar Dekorationsideen aus. Das Haus wurde viel schöner. Den Kaminraum verwandelte ich in ein kleines Kinderzimmer für Nisa und verkleidete die Wände mit rosafarbenem Stoff (ursprünglich rote Vorhänge aus Rips, die ausgeblichen waren). Es sah aus wie ein großes Zelt.

Wenn es regnete, irrte ich im Erdgeschoß durch die Zimmer und stellte mir vor, sie wäre da, ihr fröhliches Geplapper, ihre Puppen, ihre Art, auf dem Boden zu sitzen und beim Spielen durch die Bewegung ihrer Beine einen Kreis zu beschreiben, wenn sie sich auf Knien und mit schwebenden Füßen um sich selber drehte, um nach einem Spielzeug zu greifen. Ich sah sie vor mir zu irgendeiner bescheuerten Musik tanzen, schwachsinnige Kinderlieder, die sie liebte und unentwegt hörte, wobei sie im Rhythmus auf dem Teppich herumhüpfte, mit ernster Miene und hochkonzentriert. Die ernste Nisa, die freche Nisa, die neugierige Nisa, die Quasselstrippe, die Meckerziege. Ich hörte ihre Stimme. *Mama, woher kommt die Zelle? Mama, steht das im Gesetz, daß es verboten ist, Brot in sein Wasserglas zu tunken? Mama, bist du alt? Mama, wer beerdigt uns? Mama, warum, warum, warum?*

Wenn ich wieder aus meiner Tagträumerei erwachte, lehnte ich am Fenster oder saß auf der Bettkante, und es war dunkle Nacht. Ich hatte nichts angerührt, ein oder zwei Stunden waren vergangen, die Traurigkeit überflutete mein Herz, trat mir in die Augen, kitzelte in meiner Nase, meine Kehle schnürte sich zusammen, Tränen flossen. Ich rannte hinaus, um kalte Nachtluft einzuatmen, das wirkte wohltuend wie eine Ohrfeige, dann ging ich wieder hinein und zündete Kerzen an.

Draußen bot sich mir ein Anblick bitterster Verwahrlosung. Eigentlich wollte ich mich erst im Frühjahr um den Garten kümmern, aber Gestrüpp entfernen und Bäume herunterschneiden konnte ich schon jetzt. Alles war jahrelang wild vor sich hin gewachsen, die Wege waren von dicken dornigen Rosenzweigen überwuchert, die kleine Tore von zwei oder drei Metern Höhe bildeten. Die Sträucher und Hecken waren seit einer Ewigkeit nicht gestutzt worden, in den Obstbäumen, von denen man nicht sagen konnte, ob sie noch am Leben waren, hingen große Mistelknäuel und Unmengen von Efeu. Ich hatte nie im Garten gearbeitet, aber mit einer Heckenschere konnte ich umgehen. Ich stürzte mich auf die Pflanzenwelt wie auf einen persönlichen Feind. Ich rang mit Dornenzweigen, kämpfte gegen riesige Rosenstämme, riß meterlangen Efeu entzwei, zerschnitt Lianen von hellem Wein, die so dick waren wie mein Handgelenk, beseitigte ganze Glyzinienstämme, die sich um ein Gatter gewickelt hatten und sägte die Äste eines Apfelbaums ab. Das kostete mich einige Tage Arbeit. Je weiter ich kam, desto mehr war zu tun. Je gründlicher ich stutzte, desto mehr Stengel, die noch geschnitten werden mußten, kamen zum Vorschein und desto mehr verwilderte Bäume sah ich. Ich türmte Berge von Zweigen und Gestrüpp auf, die ich verbrannte, wenn sie zu hoch wurden. Das Feuer knisterte und prasselte, ein angenehmer Geruch von frischem Holz und Zellulose breitete sich aus.

Ich war wie besessen, am liebsten hätte ich auch noch die jungen Weiden herausgerissen, die das Flußufer überwucherten, die Buchen umgepflanzt, die einem den Blick versperrten, und die riesigen Pfingstrosen ausgegraben, die sich mitten auf der Wiese ausgebreitet hatten. Doch dazu fehlten mir die Kraft und das richtige Werkzeug. Der Boden machte mir zu schaffen, er war an manchen Stellen schwammig und an anderen sehr fest, die Erde wog Tonnen, und die Wurzeln ragten tief in den Boden, die Natur war widerspenstig und trotzig. Nach dieser Plackerei sank ich endlich in einen traumlosen Schlaf, zum ersten Mal seit Wochen.

9

Ich hatte mich seelisch auf die Räumung vorbereitet. Ich müßte das Ganze einfach als eine Art »Camping in der Stadt« betrachten, sagte ich mir. Wenn ich mir kein Dach über dem Kopf mehr leisten konnte, würde ich halt ohne leben, in meiner Kindheit und während des Studiums war ich oft zelten gewesen, das würde ich nun eben wieder tun. Doch nichts war von meinen früheren Urlaubsausflügen mit Rucksack und leerem Geldbeutel weiter entfernt als das Leben auf dem nackten Boden meiner eigenen Stadt, in der ich früher ein normales Leben geführt hatte. Die Illusion hielt keinen Moment stand, mein Aufenthalt auf der Straße war weder ungezwungen, noch frei gewählt oder eine Freude. Ich hatte das nicht gewollt und mußte es nun mit Haut und Haar ertragen. Ich konnte mich kein Stück davon distanzieren.

Als ich das begriff, packte mich jähe Angst und

beschleunigte die Verkümmerung, die jedes um sein Überleben kämpfende Wesen erfährt. Ich hatte nicht damit gerechnet, daß es in so vertrauter Umgebung passieren könnte, in meinem persönlichen Umfeld. In einer fremden Stadt kann einem ohne viel Geld, ohne Kontakte und Anlaufstellen schon mulmig werden, wenn man sich fragt, wo man das Fehlende hernehmen soll. Daß ich in Paris derart den Boden unter den Füßen verlieren könnte, hatte ich nicht im geringsten vorhergesehen. Die Feindseligkeit, die ganze Gehässigkeit der Stadt sprang mich an und riß mich um wie eine Meute kläffender Kampfhunde. Hinter ihrer strahlenden Fassade zeigte die prächtige Hauptstadt eine abscheuliche Fratze, breitete die abgrundtiefe Häßlichkeit ihrer stinkenden Eingeweide zu meinen Füßen aus. Ich bekam keine Luft mehr, mir wurde übel und schwindlig.

Meine obsessive Suche nach einem Unterschlupf stellte bald alles andere in den Hintergrund. Ich mußte einen Ort nur für mich finden, wo ich ausruhen und schlafen konnte. Es ist nicht einfach, auf der Straße einzuschlafen, ohne Mauern, ohne Dach, ohne Tür, jedem Lüftchen ausgesetzt, jedem neugierigen Blick. Man gleitet nur in einen leichten Schlaf und schreckt bei dem geringsten Geräusch wieder auf. Es ist kalt. Wenn es regnet, wird man naß. Die Ratten schnüffeln einem in den Sachen herum. Der Boden ist hart, der Asphalt ist schmutzig und stinkt. Man begnügt sich mit kurzen Ruhepausen, wird von Licht gestreift und zuckt immer wieder heftig zusammen. Man schläft in Etappen und wird die Müdigkeit nicht mehr los, sie überrollt und erschlägt einen.

Um Mut zu schöpfen, sagte ich mir, daß ich so lebte wie Millionen andere, die noch weniger zum Überleben hatten als ich und Tag für Tag bittere Not leiden mußten, von ihrer Geburt an bis zum Tod. Wie viele Menschen überall auf der Welt leben von einem Dollar, von zwei Euro am Tag? Wenn man darüber in der Zeitung liest, bleiben es abstrakte Zahlen. Was ein solches Schicksal tatsächlich bedeutet, läßt sich dadurch lange nicht begreifen, geschweige denn nachempfinden. Daran änderte auch meine neue Situation nicht viel. Im Grunde wußte ich ja, daß die schwierigen Zeiten nicht andauern würden, dennoch teilte ich auf eine ganz besondere Art, die nicht zu vergleichen war mit einer unvorstellbaren Realität, das Schicksal dieser Übriggebliebenen, dieser »Anderen«, die den Großteil der Masse bilden, wenn man in der Sänfte über dem Fußvolk thront.

In der Zeit, als Philippe und ich noch von Luft und Liebe lebten, hatte ich oft darüber gescherzt, daß auch wir bald den Status der *Sadhus* erlangen müßten, jener Bettelnomaden in Indien, die nur das besitzen, was sie am Leib tragen, die alles zurücklassen und in der Askese eines fast körperlosen Lebens nach Perfektion und Reinheit streben. Ich sagte oft, dies sei die Lebensweise, die Dichter und Künstler anstreben sollten, um sich vor der verdorbenen Konsumwelt zu schützen, denn sie verkörpern die Freiheit, sind mit ihr verbunden wie Nonnen mit Jesus, ihr widmen sie ihr Leben, ihre Seele – und die Freiheit duldet keinen Kompromiß.

Tja, dort war ich nun angekommen, aber mit einem metaphysischen Ausflug hatte das nichts zu tun, im Gegenteil, es war ein furchtbarer Absturz, erniedrigend und banal.

Manchmal fühlte ich mich wie ein Stück Holz, das jeden Tag mit Stecheisen und Meißel bearbeitet wird und Span um Span schrumpft. Nur bestand dieses Holz aus empfindsamem Fleisch, aus Schnittwunden und Brandblasen, aus Schrunden und Schrammen, Schmutz und Dreck. Dieses Holzscheit war mein Körper, den eine gemeine Hand mit böser Heimtücke und sinnloser Zerstörungswut bearbeitete. Die Hand des Schicksals und der Vorsehung, die Hand des Mysteriums, das der im Dunkel tappende Mensch nicht zu ergründen vermag.

In den ersten Tagen hatte ich Angst, alle würden mich anstarren, doch ich merkte bald, daß die Blicke an mir vorbeigingen, ohne mich wahrzunehmen. Das half mir, jenes Gefühl der Unverwundbarkeit zu entwikkeln, das man zum Leben auf der Straße braucht, um selbst die intimsten Gesten des Alltags vor aller Augen zu verrichten. Wenn die einfachsten Tätigkeiten plötzlich öffentlich werden, hat dies den einmaligen Effekt, alle gesellschaftlichen Codes außer Kraft zu setzen. Vorstellungen wie Privatheit und Intimsphäre werden hinfällig. Ich schied nicht aus der Gemeinschaft aus, weil ich keine Wohnung mehr hatte, sondern weil ich gezwungen war, meine Notdurft auf der Straße zu verrichten. Wenn das jemand bemerkte, machte er mir keineswegs Vorwürfe, sondern wandte nur eilig den Blick ab, in dem Bewußtsein, Zeuge einer unerträglichen Tabuverletzung zu sein. Seine Betroffenheit verbannte mich in ein niederes Universum, das von Tieren, Wilden und Verrückten bevölkert wurde, fernab jeder Zivilisation.

Ich fand mich bald an jenem Rand wieder, der kein Rand mehr ist, sondern das Dahinter, die Leere, das Nichts, dort, wo nichts mehr existiert, weil kein Blick es erfaßt. Die abgewandte Seite des Mondes ist ein Teil des Mondes, auch wenn sie für uns unsichtbar bleibt. Auch ich war unsichtbar. Ich konnte tun, was ich wollte, kommen, gehen, mich setzen, legen, schlafen, essen, niemand sah mich. Selbst die Polizeibeamten und die Wachmänner, die mich manchmal wegscheuchten, vermieden es, meinem Blick zu begegnen. Wenn ich mit ihnen reden wollte, machten sie sich ohne Antwort aus dem Staub, als hätten sie mich nicht gehört.

Ich hätte Kontakt zu Gleichgesinnten suchen können, die so lebten wie ich, mich einer Gruppe von Clochards anschließen können, wie man sie auf Parkbänken, an Metrostationen, auf den Treppen mancher Kirchen sieht. Doch dazu konnte ich mich nie durchringen. Es war mir zuwider, mich mit groben und streitsüchtigen Pennern abzugeben, nur um Gesellschaft zu haben. Die meisten waren Säufer, allein dadurch schieden sie aus. Vielleicht wollte ich mir die Illusion bewahren, wenn ich mich von ihnen fernhielt, würde ich am Rand dieser Welt bleiben, in der ich mich nur mit Mühe und Not bewegte, von einem verzweifelten Moment zum nächsten, der ebenso schmerzhaft, bitter und qualvoll war.

Manchmal kam einer von ihnen zu mir und redete mit heiserer Stimme auf mich ein. Ich mied sie wie die Pest. Es gibt wenige Frauen auf der Straße. Jedesmal, wenn so ein Herumtreiber mit grauem, vom billigen Wein aufgedunsenen Gesicht mich ansprach, brannte meine Haut in Sekundenschnelle vor Angst und Schrecken, meine Kleidung war im Nu naßgeschwitzt, alles verschwamm vor meinen Augen, ich klaubte hastig meine Sachen zusammen und rannte fort, verfolgt vom Spott und den Anzüglichkeiten des Lumpenkavaliers. Ich war nicht mehr in der Lage, mich zu wehren, ich war schwach und wie aus Zucker, oder schlimmer, wie eine Figur aus Schlamm, über die ein Unwetter hereinbricht. Alles an ihnen erfüllte mich mit Abscheu: ihr Bettlergehabe, ihre Verfassung, in der ich meine eigene wiedererkannte, ihr nacktes, beleidigendes Begehren, ihre schlechte Erziehung und ihre grobe Ausdrucksweise. Jedesmal wenn diese Szene sich fast identisch wiederholte, bekam ich Alpträume vor lauter Ekel. Noch Tage später schnürte sich mir der Magen zusammen, ich durchlebte furchtbare Nächte und schreckte bei dem geringsten Geräusch zusammen. Ich kam mir vor wie eine Maus, die versucht, aus einem geschlossenen Käfig auszubrechen.

Alles hatte sich geändert. Die Welt hatte sich in kurzer Zeit auf einen Zustand barbarischer Brutalität reduziert, in dem einzig das Gesetz der Plünderei herrschte. Wenn ich nicht gerade selbst als Räuber des Schattens im Abfall wühlte oder nach dem Markttag den Boden absuchte, war ich das Opfer. Opfer der Läuse, Opfer der abstoßenden, aggressiven Männer, Opfer der Not, der Müdigkeit und der Verachtung, Opfer der modernen Welt, der zivilisierten Menschheit. Und doch erwachte ab und zu etwas in mir, nicht eben Würde, aber ein Gefühl, das einer fernen, diffusen Empfindung ähnelte –, etwa dem kindlichen Staunen über eine ergreifende Harmonie, über das wunderbare Mysterium von Dingen, die ich gesehen oder gespürt, gefühlt, gerochen, berührt oder gehört hatte: das jähe Aufblitzen eines reinen Glücksgefühls, tiefe Zufriedenheit darüber, die dargebotene Schönheit genießen zu dürfen, die außerordentliche Lebenskraft eines Menschen, der sich seiner Existenz bewußt ist.

Selbst als ich ganz unten angekommen war, wollte ich noch nicht davon ablassen. Ich klammerte mich hartnäckig an die unsinnige Überzeugung, ein winziges Stück Schönheit könnte retten, was noch zu retten war, den Dingen neuen Sinn verleihen und das zerstörte Gleichgewicht wiederherstellen, so wie ein Funken reicht, um ein Flammenmeer zu entzünden. Diese Theorie wurde jedoch durch nichts bestätigt und verkam immer mehr zu meinem ganz persönlichen Dogma, zu einem rettenden Strohhalm für meinen verwirrten Geist, der mit jedem Tag mehr unter der beklemmenden Einsamkeit litt. Ich konnte es kaum ertragen, eine Welt zu betrachten, in der all jene, die in die Fänge der Vernichtungsmaschinerie geraten, in eine Hölle mit durchsichtigen Wänden verbannt werden, in der man sehen, hören und sogar berühren kann, ohne selbst berührbar, sichtbar und existent zu sein.

10

Eines Tages sah ich auf dem Weg in die Stadt einen Steinmarder – vielleicht war es auch ein Iltis –, der von einem Auto überfahren worden war. Er lag scheinbar unversehrt auf dem Asphalt, nur ein Faden Blut lief aus seiner Schnauze, und das eine Auge hing unnatürlich aus der Höhle. Er war vielleicht fünfzig Zentimeter lang, den ausgebreiteten buschigen Schwanz nicht mitgerechnet, dessen seidenweiches graubraunes Fell zum Streicheln einlud. Am liebsten hätte ich ihn angefaßt, aber ich traute mich nicht. Ich wollte ihn von der Straße in den Graben ziehen, ihn vor den vorbeifahrenden Autos schützen, doch ich konnte den Tod nicht anfassen. Ich streckte die Hand aus, der Schwanz war greifbar nah, aber ich schaffte es nicht, meine Finger verkrampften sich, und mein Arm ließ sich nicht strecken. Ich hielt nach einem Stock Ausschau, nach irgendeinem Hilfsmittel, aber in der Gegend ringsum gab es nur Wiesen und Weiden, keinen Wald, keine Hecken und Büsche. Ich ließ das Tier liegen und ging weiter.

An diesem Tag hatte ich zwei Fahrradreifen dabei. Ich hatte ein altes Fahrrad aus dem Keller geholt, dessen Reifen platt und spröde waren. Durch den Verschleiß waren sie aufgerissen, und eines der Bremskabel baumelte nutzlos in der Luft. Ich hatte die Räder abmontiert, was mich bei den verrosteten Muttern einige Mühe kostete, und brachte sie in die Stadt zum Fahrradhändler. Er musterte die Räder verächtlich, drehte sich zur Wand, an der Dutzende von Reifen hingen, und nahm zwei herunter. Er war ein dicker Mann mit rotem Gesicht, bekleidet mit einer öl- und fettverschmierten Latzhose. »Die Schläuche müssen auch ersetzt werden«, brummte er, nachdem er die Reifen mit seinen Wurstfingern abgetastet hatte.

»Können Sie das sofort machen?« fragte ich kühn.

»Kommen Sie in einer Stunde wieder«, antwortete er, ohne mich eines Blickes zu würdigen.

Mir war kalt, und ich war müde. Einen Moment lang blieb ich unschlüssig auf dem Bürgersteig stehen, bevor ich das Café betrat. Ich war es überhaupt nicht mehr gewohnt, ich hatte das Gefühl, gleich würden alle protestieren und mir den Zutritt verwehren. Aber in dem großen überheizten Raum rührte sich niemand, kein Laut störte die Stille. Ich setzte mich an einen Tisch, nachdem ich mir ein paar Zeitungen genommen hatte, und überflog die Schlagzeilen der Lokalpresse, um meine Unsicherheit zu überspielen. Eine blondierte Kellnerin baute sich vor mir auf, und ich bestellte schüchtern einen Milchkaffee. Die Buchstaben der Zeitung tanzten mir vor den Augen, ich verstand kein Wort von dem, was ich las, eigentlich las ich gar nicht, ich atmete, dehnte den Raum, den meine Lungen der Luft zugestanden, mit jedem Atemzug weiter aus. Ich ließ die brennendheiße Flüssigkeit meine Kehle hinunterrinnen und gab mich der trägen Atmosphäre hin.

Ich mußte wohl eingenickt sein. Eine Gruppe von Männern kam herein, alle redeten durcheinander, plötzlich erfüllten Stimmen den Raum, begleitet von Gesten und Stuhlrücken, von einem lebhaften, fröhlichen Lärm. Sie trugen Gummistiefel und Westen aus Cord, riefen nach der Kellnerin, bestellten Weißwein und Cognac. Kurze Zeit später brach ich auf, um meine Räder abzuholen. Sie warteten bereits auf dem Ladentisch auf mich, zwischen den Felgen klemmte ein Zettel, auf dem der Preis stand. Ich bezahlte, dann verließ ich die Stadt.

Ich hatte Milch gekauft, die ich in meiner Umhängetasche trug, und ein Brot, das ich unterwegs essen wollte. Als ich etwa eine Stunde marschierte, hörte ich hinter mir ein Auto bremsen. Ich trat an den Straßenrand, und ein großer Geländewagen hielt neben mir. Das Fenster öffnete sich wie von Geisterhand, und ein Mann beugte sich zu mir herüber.

»Sind Sie zu Fuß? Wenn Sie möchten, setze ich Sie irgendwo ab.«

Ich nickte, er öffnete die Tür auf meiner Seite, packte die beiden Räder und warf sie achtlos auf die Rückbank, während ich auf den Beifahrersitz kletterte. Bevor er losfuhr, drehte er sich zu mir um.

»Sie waren doch vorhin auch im Café am Markt …?«

Plötzlich fühlte ich mich ertappt. Ich stotterte ein »Ja«, das mir nur mit Mühe über die Lippen kam, und unsere Blicke begegneten sich. Er hatte einen sehr klaren Blick, die Spur eines Lächelns umspielte seine Lippen, und seine ganze Person strahlte eine Form von Grobheit, eine physische Kraft aus, die mich unangenehm berührten. Auf einmal fiel mir wieder der Marder ein. Das Auto fuhr durch einen Wald, konnte aber nicht mehr weit von der Stelle entfernt sein, wo das Tier lag, das hinter einer Kurve von einem Auto erwischt worden war. Als wir aus dem Wald herausfuhren, erkannte ich die abfallenden Wiesen.

»Vorsicht«, setzte ich an und legte instinktiv meine Hand auf seinen Unterarm. »Langsam, hinter dem Gatter da drüben liegt ein …«

Er trat kräftig auf die Bremse, ich fühlte, wie seine Muskeln sich unter meiner Hand anspannten, und zog sie gleich wieder zurück.

»Ich sehe nichts«, sagte er trocken.

»Da liegt ein toter Marder. Ich will nicht, daß Sie ihn platt fahren.«

»Wo denn?«

»Da, gleich hinter der Kurve.«

Er bremste weiter ab, bis das Auto nur noch langsam vorwärts rollte. Dann erblickte ich den Marder, er sah anders aus als ein paar Stunden zuvor. Mehrere Autos hatten ihn überfahren. Nur der Schwanz war noch heil, sein Körper war völlig deformiert. Die Eingeweide klebten auf dem Asphalt, das blutverschmierte Fell hatte seinen strahlenden Glanz verloren, der

Schädel war aufgeplatzt und ließ die Hirnmasse hervorquellen.

Der Wagen machte einen Bogen um das Tier, ich wandte den Blick ab.

»Ich glaube, da ist nichts mehr zu machen«, bemerkte der Fahrer und trat wieder aufs Gas.

Ich hätte ihn doch in den Graben ziehen sollen, sagte ich mir, während der Mann mir eine Schachtel Zigaretten entgegenstreckte. Ich hatte seit Monaten nicht geraucht und auch gar keine Lust mehr dazu, aber aus irgendeinem Grund nahm ich trotzdem eine Zigarette. Seine Hand kam mir riesig vor, die Haut war von der Sonne gegerbt und mit Schrammen und feinen Narben übersät, unter den sorgfältig geschnittenen Nägeln sah ich Reste von Erde. Er fuhr jetzt nicht mehr sehr schnell, das Brummen des Motors war kaum zu hören, und im Wagen breitete sich eine etwas bedrückende Atmosphäre aus. Er zündete seine Zigarette an und legte das Feuerzeug auf die Ablage vor mir. Ich spielte mit der Zigarette herum, eigentlich wollte ich sie gar nicht rauchen, und spürte, wie die Spannung stieg, bis ich mich völlig verkrampfte, im Kampf mit einem längst vergessenen Gefühl. Die Zeit schien stillzustehen, obwohl das Auto sich durch die Landschaft bewegte.

Dann tat er etwas Unglaubliches. Er nahm mir die Zigarette aus der Hand, steckte sie sich zwischen die Lippen, griff nach dem Feuerzeug, zündete sie an und gab sie mir wieder. Die Berührung mit dem angefeuchteten Filter ließ mich aufzucken wie bei einer heftigen Verbrennung, einem elektrischen Schlag. Ich kam gar nicht auf die Idee, den Rauch einzuatmen, ich nahm nur den Geschmack des Filters auf, den er mit den Lippen berührt hatte. Mein Herz klopfte wie wild, und in meinem Bauch explodierte ein Feuerwerk des Verlangens, das bis in meine Kehle stieg. Alles Blut war aus meinem Gesicht und aus meinen Gliedern in meine Körpermitte geströmt, in den intimsten Kern meiner selbst. Ich spürte, wie mein Bauch unter dem Gürtel pulsierte, meine Brüste spannten sich gegen den Stoff der Bluse, der Sitz unter meinem Po schien zu brennen, ich schloß die Augen und versuchte mich wieder unter Kontrolle zu bekommen. Der Geruch dieses Mannes verwirrte mich, ein Geruch von Moschus und Amber vermischt mit Schweiß und Stroh.

Ich brachte kein Wort heraus, und auch er schwieg, unsichtbare Partikel schwirrten durch die Luft und attackierten mich. Anstatt mich zu entspannen, verkrampfte ich mich noch mehr, mein Körper war ein einziger Block aus Stein, eine Flüssigkeit brandete gegen die Innenwände meines Bauches. Nicht, daß er mir besonders gefallen hätte, doch er strahlte irgend etwas aus, das meine seit langem schlummernden Sinne weckte, und plötzlich überrollte mich eine Flut des Begehrens, die so mächtig war, daß mein ganzer Körper darunter erbebte. Die Intensität meiner Lust verblüffte mich, ich wollte auf der Stelle geliebt werden, heftig, leidenschaftlich, gnadenlos. An der Kreuzung der Hauptstraße bog der Mann rechts ab, ohne mich irgend etwas zu fragen. Dann fuhr er die leichte Senke hinunter und hielt in der Kurve, wo die Straße zum Dorf weiterführt.

»Ist es in Ordnung, wenn ich Sie hier rauslasse?«

Wir waren nur fünfzig Meter vom Haus entfernt. Er wußte also, wo ich wohnte … Ich nickte.

»Wirklich alles okay mit Ihnen? Sie sind ganz blaß.«

Er holte die Räder aus dem Wagen, ich hatte sie ganz vergessen, und kam um das Auto herum auf meine Seite. Er war größer, als ich dachte, ich hatte das Gefühl, ein Riese würde mich zertrampeln. Ich spürte meine Beine nicht mehr. Wenn er mich berührt, klappe ich zusammen, dachte ich. Doch er sagte nur:

»Ich habe einen Weinberg auf der anderen Seite von Saint-Loup.«

Ich sah wieder in seine klaren, wasserblauen Augen, und mir war, als halte nur die unsichtbare Verbindung unserer Blicke mich aufrecht, wie ein Seil aus Stahl. Ich wollte »Danke« sagen, doch ich konnte nicht. Ich tippelte rückwärts zur Böschung, die beiden Räder hatte ich ins Gras fallen lassen, und wartete, bis das Auto aus meinem Sichtfeld verschwunden war, um auf den Boden zu sinken. Ich lauschte meinem Herzschlag und meinem Atem, ich holte regelmäßig und tief Luft, bis ich wieder aufstehen und nach Hause gehen konnte. Als ich keine zehn Schritte getan hatte, drehte mir eine Woge der Übelkeit den Magen um, und ich übergab mich in den Graben. Ich spuckte all den Ekel aus, den der tote Marder und mein unterdrücktes Verlangen in mir erregt hatten, eine Mischung aus den Kräften des Lebens und des Todes, die in mir emporsprudelten, ohne mich auch nur annähernd zu erlösen.

11

Die Wochen, die ich auf der Straße verbrachte, waren Wochen der Trauer, der tiefen Verzweiflung, jenen Menschen verloren zu haben, den ich auf der Welt am meisten liebte. Erst nach meinem Umzug nach La Varenne trat der Gedanke an Nisa allmählich wieder in den Vordergrund meines Bewußtseins. Zwar war die Erinnerung an Philippe längst nicht verflogen, ich mußte nach wie vor an ihn denken, und er verfolgte mich Tag und Nacht, doch ich nahm wieder Tuchfühlung mit der Realität auf und dachte über ein normales Leben mit meiner Tochter nach. Durch die räumliche Trennung von Nisa fiel es mir noch schwerer, mir ein Wiedersehen vorzustellen, manchmal fragte ich mich, ob es nicht doch ein Fehler gewesen war, sie in Paris zurückzulassen. Aber solange ich keinen festen Wohnsitz vorweisen konnte, hätte ich sie ohnehin nicht zu mir nehmen dürfen. Ich kämpfte an gegen die Sehnsucht und die Nervosität, in die meine Ängste und Nöte mich stürzten, und bemühte mich nach allen Kräften, mir unser gemeinsames Leben in dieser einsamen Gegend vorzustellen. Ich wollte von einem Neubeginn träumen, von wiedergefundener Ruhe und Harmonie. Aber der Winteranfang mit seinen nebligen Tagen ließ mich gleich wieder in Traurigkeit und Melancholie versinken, nahm mir jeden Optimismus und drängte mich zurück in Entsetzen und Ohnmacht. Das Sterben der winterlichen Natur führte mich unweigerlich zu Philippe und zur schmerzhaften Erinnerung an seinen Todeskampf.

Doch alles, was den Winter schlafend oder wartend überlebte, trieb mich zu Nisa und ihrer unerschöpflichen Lebensenergie. Schon die Natur an sich erinnerte mich jeden Moment an sie, denn Nisa war in dem Alter, in dem Kinder vor jedem Tier und jeder Pflanze, vor jedem Ausdruck der ungeheuren Vielfalt der Arten und ihres Gebarens in Verzückung geraten. Mir kamen ihre munteren Beobachtungen und Anmerkungen in den Sinn, ich erinnerte mich an ihre Neugier, an ihre Fragen, und der Gedanke an ihre witzigen Kommentare ließ mich innerlich schmunzeln.

Ich war viel mit dem Fahrrad unterwegs, einem quietschenden alten Rad mit hartem Sattel und ohne Bremsen. Aber es rollte, und ich fuhr schnell. Ich konnte meine Expeditionen ausweiten und spürte neue Dörfer auf. Sobald es das Wetter zuließ, machte ich mich auf den Weg. Einmal fuhr ich den Hügel nördlich von Saint-Loup auf der anderen Seite des Waldes hinunter, als es einen plötzlichen Wetterumschwung gab, der Himmel, der seit dem Morgen blau gewesen war, färbte sich schlagartig grau wie Blei. Starker Wind kam auf, es sah nach Regen aus, und ich hatte nichts Wasserdichtes dabei. Im Westen türmten sich tintenschwarze Wolken auf, die dichter wurden und näher rückten. Es war hellichter Tag, aber so dunkel wie sonst nur am frühen Abend. Die Kühe auf den Weiden waren weißer denn je, fast bläulich, ihre übernatürliche Farbe hob sich von den dunkelgrünen Wiesen ab, die im Gewitterlicht glitzerten. Ich erinnerte mich, wie Nisa ihr erstes Gewitter erlebte, sie muß damals nicht ganz vier Jahre alt gewesen sein. An den Tagen darauf löcherte sie mich pausenlos zu diesem Thema.

»Wenn mich ein Blitzer jagt ...«, sagte sie.

»Ein *Blitz*.«

»Wenn der Blitz mich verfolgt, verstecke ich mich einfach unter einem Baum.«

»Nein, das darfst du gerade nicht. Im Gegenteil, du mußt dich flach auf den Boden legen.«

»Wenn der Blitzer mich trifft – platsch, auf den Bauch!«

Und sie warf sich auf der Stelle mit dem Gesicht nach unten auf die Erde. Es war August. Es gab noch einige kleine Gewitter. Sobald sie den Donner hörte, überschlug sich ihre Stimme: »Vorsicht! Der Blitzer!«, und wenn sie einen Blitz sah, schrie sie: »Da! Es donnert!«, und klammerte sich ängstlich und doch erwartungsvoll an mich. Ich versuchte vergeblich, mich in meinen Erklärungen auf das Gesetz der elektrischen Ladung zu beschränken, ihre Neugier stillte das keineswegs. Sie verlangte ausdrücklich und energisch eine andere Begründung, in der gefährliche, mächtige

Wesen vorkamen. Der Blitzer, das war jemand. Ein Ball aus Elektrizität entsprach nicht ganz ihrer magischen Vorstellung von der Welt. Nach ein paar Tagen akzeptierte sie meine Version, allerdings nur, um den berüchtigten Ball aus Elektrizität in eine legendäre Figur zu verwandeln, deren Großtaten sie genüßlich ausschmückte. »Ein Ball aus Elektrizität kam aus einem fernen Land auf seinem Pferd angaloppiert«, erzählte sie. »Er durchquerte den Wald und machte einen ganz strubbeligen Donner. Die Fee nahm ihn an der Hand und sagte: ›Kleiner Ball, du bist eine Büffelkröte.‹« Woher sie sich mit Amphibien so gut auskannte, weiß ich nicht.

Ich schrieb Nisa, doch Worte konnten nicht ausdrücken, wie sehr sie mir fehlte. Sie sollte auch nicht merken, wie traurig ich war. Ich begann einen Brief, zerknüllte ihn, kritzelte noch einmal zwei Sätze aufs Papier und zerriß es wieder. Ich gab auf, um einige Minuten später erneut zu dem Block mit dem gelben, hellblau linierten Papier zu greifen. Am Ende schrieb ich jedes Mal genau das auf, was Nisa mir oft mit großer Geheimnistuerei ins Ohr flüsterte, eine ganz bestimmte Abfolge von Wörtern, die ich in dicken Lettern auf das Papier malte. Dann faltete ich es viermal, wie sie es mit ihren eigenen Bildern oder Collagen zu tun pflegte, stopfte das Ganze in einen Briefumschlag und schrieb ihre Adresse drauf. Warum ich nie eine Antwort erhielt, konnte ich mir nicht erklären.

Gleich nach meiner Ankunft in La Varenne hatte ich der Sozialarbeiterin meine Adresse mitgeteilt, danach aber nie etwas von ihr gehört. Ich konnte nur vermuten, daß man sich gut um Nisa kümmerte. Und auf ihren Überlebensinstinkt zählen, auf ihre unverwüstlich gute Laune und die überaus poetische Umgangsweise, mit der kleine Kinder jeder noch so schwierigen und unangenehmen Situation begegnen. Nicht, daß sie nicht verstünden, wie die Realität aussieht, aber ihre Weltsicht ist noch ganz von Magie geprägt und von der Phantasie des Traums, als wären sie immer noch eingehüllt in das Mysterium, aus dem sie einst kamen, in den undurchschaubaren Ursprung ihrer Geburt. Die Kindheit ist ein süßes Hirngespinst. Kinder bewegen sich stets an der Schwelle zum groben Leichtsinn, vergessen jedes Risiko und verneinen die Gefahr, während es in ihrer Vorstellungswelt von gruseligen Wesen, von Dinosauriern, Wölfen und zweiköpfigen Einhörnern wimmelt, die in Schränken und dunklen Ecken hausen, davon sind sie überzeugt.

Diese mangelnde Bereitschaft, die Gesetze der Wahrscheinlichkeit zu akzeptieren, hat mich an Nisa immer fasziniert, und was ich von meiner eigenen Kindheit vergessen hatte, kam mir wieder in den Sinn, als ich meine kleine Tochter heranwachsen sah. Seltsamerweise legt der Mensch diese wunderbare Ablehnung der Realität irgendwann ab. Er hat es eilig zu rationalisieren, ist begierig auf etwas Handfestes, Konkretes, er kann es gar nicht erwarten, daß die Kinder größer werden, ist überfordert mit deren Unfähigkeit, die Dinge *so* zu nehmen, *wie sie sind.* Wie alle Kinder in ihrem Alter betrachtete Nisa alles verkehrt herum und verstand die Dinge falsch, sie hatte eine Vorliebe für Umwege, Abweichungen und ausgedehnte Irrgänge, die sicherlich ganz ausgefeilten mathematischen Formeln gehorchten. Sie konnte nicht anders, als Kompliziertes zu vereinfachen und scheinbar Einfaches kompliziert zu machen. Dieses Vexierspiel, das Verwenden von Parallaxen und Anamorphosen, erschien mir unendlich poetisch, und es machte mir Freude zu sehen, wie sie ihren Weg ging. Sie wunderte sich über gar nichts, war völlig arglos, sog alles wahllos in sich auf, ohne es einer Werteskala, einem Maßstab unterzuordnen oder Prioritäten zu setzen. Dadurch erhielten die Dinge einen unerwarteten Stellenwert, und das Spektrum ihrer Besorgnisse reichte vom Tod ihres Vaters bis hin zu einem neuen Haarreif, völlig verschiedene, doch in Nisas Sicht durchaus gleichwertige Angelegenheiten.

Nachdem ich Philippe kennengelernt und seine Fotos entdeckt hatte, die inhaltlich und formal erstaunlich frei waren, hat mich nie wieder in meinem Gefühlsleben etwas so beeinflußt wie die Geburt dieses Kindes, die sich zugleich hemmend und erneuernd auf meine Dichtung auswirkte. Einerseits mußte ich feststellen, daß die Poesie es nicht mit der ungeheuren Ausgelassenheit und wilden Spontaneität der kindlichen Ausdrucksweise aufnehmen konnte, andererseits wurde sie durch dieses ungewohnte Vorbild mit seinem grenzenlosen Einfallsreichtum stimuliert, und ich ließ mich nach Herzenslust davon forttragen. Nisas erste Wortfolgen waren in ihrer Unschuld und durch die fehlerhafte Aussprache so geistreich, daß sie mich zu Gedichten inspirierten, manchmal war ein einzelner Satz von ihr ein wahres Sprachjuwel, ganz zu schweigen von ihren ernsthaften, mit tiefem Sinn beladenen Gedankengängen. Ich schrieb, wenn ich ihr beim Singen zuhörte, wenn sie sich Geschichten ausdachte, wenn sie in ein nicht vorhandenes Telefon oder mit einer imaginären Freundin sprach, wenn sie die Geschichten, die ich ihr vorgelesen hatte, aus dem Gedächtnis wieder hervorholte und nachplapperte, versehen mit einigen subtilen, urkomischen Änderungen.

Doch nun schrieb ich nicht mehr, und zu meiner großen Verzweiflung hatte ich auch Nisas Liebe verloren.

12

Eines Nachmittags verspürte ich zum ersten Mal nach langer Zeit das Verlangen zu schreiben. Nichts Großartiges, nur zwei oder drei Sätze, und doch fühlte es sich inzwischen so fremd an, daß ich sogleich einen würdigen Rahmen schaffen wollte, um die zurückgekehrte Inspiration angemessen zu empfangen. Ich stellte einen kleinen Tisch vor den Kamin, nahm einen der alten Blöcke mit gelbem, fein liniertem Papier, die ich in einer Schublade des Geschirrschranks gefunden hatte, und da ich keinen anständigen Füller oder Bleistift besaß, holte ich die tragbare Schreibmaschine hervor, die seltsamerweise zwischen den Badetüchern im Schrank stand. Dann zog ich einen Stuhl heran und setzte mich, doch über den Vorbereitungen hatte meine Schreiblust sich bereits in nichts aufgelöst, ich war nur noch imstande, ein Blatt Papier in die Maschine zu spannen. Schreiben erschien mir wieder sinnlos, lächerlich, fast dumm. Seit Philippes Tod hatte ich nicht mehr geschrieben. Es war mir nicht nur nicht möglich, ich hatte nicht einmal mehr das Bedürfnis. Das Verlangen war verschwunden, die Leidenschaft, mit der man sich geliebten Dingen, seinen heimlichen Obsessionen hingibt.

Daß die Poesie mich im schwierigsten Moment meines Lebens im Stich ließ, daß sie, die ich für eine tragende Säule meiner Existenz gehalten hatte, mir nun keinerlei Hilfe war, brachte meine tiefsten Überzeugungen ins Wanken. Wie eine Affäre, die einen bei der geringsten Schwierigkeit verläßt, hatte die Poesie mich von einem Tag auf den anderen fallenlassen. Früher hatte sie mich so in Anspruch genommen, daß ich ihr meine gesamte Zeit widmete und andere Aktivitäten für sie opferte, auch Freundschaften, Spaß und soziale Kontakte. Die Besessenheit, mit der ich sie in meinem Inneren hütete wie einen wertvollen Schatz, hielt ich für etwas ungeheuer Kostbares, den unveränderlichen Kern meines Ichs, letztes Bollwerk meiner Freiheit. Das war letztendlich der Grund, warum ich schrieb, denn an diesem einen Ort konnte mich nichts zwingen, unterjochen oder beeinflussen. Die Kunst war nichts anderes, das kreative Schaffen hatte keinen anderen Sinn, keine andere Aufgabe, als der intimsten, ursprünglichsten Freiheit des Menschen Ausdruck zu verleihen, jenseits von allem, was sie eingrenzen oder gar zerstören könnte.

Doch in dem Moment, in dem die Welt mir am meisten zusetzte, als ich den Mann verlor, den ich über alles liebte, als die Gesellschaft mir meine Tochter wegnahm und die Armut mich zu einem Leben auf der

Straße zwang, war mir dieser Fluchtweg versperrt. Ich hatte kein einziges Wort mehr geschrieben. In der Flut von Katastrophen, die über mich hereinbrachen, war dies bei weitem nicht die schlimmste, und ich hätte alle Gedichte der Welt, meine eigenen und die der anderen, dafür gegeben, Nisa zurückzubekommen. Was mich an dieser unerwarteten Treulosigkeit, an diesem Verrat so sehr erschütterte, war der Umstand, daß es mich an einer Stelle traf, die ich für unverwundbar hielt.

Meine Liebe zur Literatur zerbrach an dieser Hürde, sie löste sich in Luft auf, schmolz wie Schnee dahin. Nicht, weil sie mir in dem Kampf, den ich auszufechten hatte, nicht mehr helfen konnte, sondern weil das Schicksal mir die übelste Form von Entfremdung aufgebürdet hatte. Die Einsamkeit und das Ausgeschlossensein hatten meine Freiheit innerhalb weniger Tage zu einer winzigen Nichtigkeit schrumpfen lassen. Der Gipfel des Unglücks bestand darin, daß diese Isolation, diese Verbannung in die ärmsten und unwürdigsten Zonen, nur mich schockierte. Um mich herum herrschte Gleichgültigkeit, niemand nahm Anstoß, niemand war erschüttert, niemand schaute hin. Wer war unter solchen Bedingungen schon noch empfänglich für Poesie? Sie starb in mir, als ich entdeckte, daß ich von meinen Mitmenschen abgesondert war. Und auch sie waren voneinander getrennt, hatten sorgfältig alle Bande durchschnitten, weil sie als Fesseln empfunden wurden, als Ketten, die es aufzusprengen galt. Nun trieb jeder allein auf seiner Insel dahin, ohne Verpflichtungen, ohne Glauben, ohne gesellschaftliche Riten, ohne Familie. Einst hieß es, Poesie sei die Sprache der Götter, mittlerweile war der Kontakt zu ihnen so gering, daß auch die zarteste Stimme verebbte. Die himmlische Welt existierte nicht mehr, und was blieb, war der schroffe, rauhe Boden, die feste Erdkruste und harter Stein, kalt und unempfindlich.

Einst bevölkerten Musen und Fabelwesen unseren Alltag, schmückten ihn mit Symbolen und bereicherten ihn mit Legenden, nun existierte nur noch das Leben auf dem nackten Erdboden. Die Wörter und Bilder, die alles vereinten, die Lebloses und Lebendiges, Elemente und Ereignisse mit einer Bedeutung füllten, hatten sich innerhalb eines Augenblicks aufgelöst. Der welterklärende Diskurs, der übergreifende Blick, mit dem man die unzähligen Verästelungen eines Baumes betrachten und gleichzeitig das Eigentliche, die Essenz dieses einen Baumstamms bestimmen konnte, dieser Diskurs und diese Fähigkeit waren verschwunden. Nichts war mehr davon übrig.

Auch was ich für wesentlich, für existentiell gehalten hatte, was mir als ein Bestandteil meiner selbst erschienen war, hatte mich im Stich gelassen, wie abgestorbene Haut, die man unbemerkt verliert. Mit derselben Plötzlichkeit, mit der Angst und Schmerz mich überwältigten, verschwanden meine Lust und mein Bedürfnis zu schreiben. Ich dachte zwar noch daran, doch es erschien mir wie eine gewagte und fern zurückliegende Tätigkeit, die nichts mehr mit mir zu tun hatte, die mich erschreckte und verblüffte und mir inzwischen völlig fremd war. Ich war einmal Dichterin gewesen, nun war ich nichts als ein leidender Körper.

Mein Umzug aufs Land war eine Flucht aus der Stadt, die mich vernichtete, doch ich suchte auch eine

Umgebung, die der Gefühlswelt von Künstlern und Dichtern besser entsprach. Vielleicht konnten die unberechenbaren Naturgewalten, die Unwetter und das Licht, meine verlorene Inspiration wiedererwecken. Das war ein Irrtum, denn zum einen wurde die Natur hier vom Menschen verhöhnt, ausgebeutet und brutal mißhandelt, zum anderen litt auch mein Geist immer noch unter Trauer und Einsamkeit. Die Schwermut des Winters gesellte sich zu der meinen, ich konnte mich nicht von dieser lähmenden Hülle befreien, die meinen Körper wie eine zweite Haut bedeckte. Statt die Poesie wiederzuerwecken, hatte das Landleben sie noch tiefer verschüttet.

Aus lauter Enttäuschung und Verwirrung darüber, daß ich die kleine Flamme, die sich in mir geregt hatte, so zart und schwach sie auch gewesen sein mochte, erlöschen lassen konnte, stieg ich aufs Fahrrad und machte mich auf den Weg in die Stadt. Ich wußte, daß ich an dem Kadaver des Marders vorbeimußte, das ließ sich nicht vermeiden, und ich wollte es auch nicht. Als ich ihn in der Ferne ausmachte, fixierte ich einen alleinstehenden Baum auf einer Wiese rechts von mir, um meinen Blick von dem toten Tier fernzuhalten. Doch ich wußte genau, wo der Marder war. In dem Moment, als ich an ihm vorbeifuhr, wandte ich den Kopf und sah hin. Sein Körper war inzwischen ziemlich platt gefahren, die Materie aber war noch da, nur völlig deformiert. Auf dieser Landstraße herrschte nicht viel Verkehr, und bei einem Tier von dieser Größe ging das nicht so schnell. Es würde noch Tage dauern, bis es verschwunden war.

Die Existenz des Marders würde sich noch lange

in die Straße einschreiben, sich nach und nach in den Asphalt eingraben, bis nur noch ein dünner, vertrockneter Film blieb. Und selbst wenn die Spuren seines hundertfach veränderten Körpers auf der geteerten Oberfläche verblaßten, existierte noch die Erinnerung an das Fell, an die Eingeweide, den Kopf, an den Fleck auf dem Boden, bis auch sie ausgelöscht würde. Bis ein anderes Tier, ein Fuchs, Dachs oder Iltis, die auf einer anderen Straße, an einem anderen Ort angefahren würden, in irgendeinem unbestimmten, fernen Anderswo, das Bild dieses Tieres wieder heraufbeschwörten, das Bild des Marders auf der Straße in die Nachbarstadt, der plötzlich wieder präsent wäre wie am ersten Tag, im Glanz seines noch unbefleckten Fells.

Ich mußte wieder an den Mann mit dem Weinberg denken, und es war mir nicht möglich, mich an sein Gesicht zu erinnern. Ich sah seine Augen, vor allem die Farbe seiner Augen, und die geraden Zähne, die hinter seinem Lächeln aufblitzten, doch seine Züge konnte ich nicht erkennen, sein Gesicht blieb verschwommen, löste sich auf, wenn ich es aus meinem Gedächtnis hervorholen wollte. Übrig blieben nur blasse Konturen und das deutliche Gefühl einer inneren Erregung, das mir leichtes Herzklopfen verursachte.

So abstrakt die Inspiration auch sein mag, und so wenig greifbar ein entstehendes Gedicht, konnte ich doch nicht glauben, daß die Poesie restlos und unwiederbringlich aus meinem Leben verschwunden war. Die Spuren der Vergangenheit blieben überall sichtbar, in den unterschiedlichsten Formen. Und ich wollte mich nicht damit abfinden, daß dieser Teil meines Ichs mir auf so brutale Weise genommen worden war, so unversehens, wie ein Tier, das von einem Auto überfahren wird, wollte nicht wahrhaben, daß nichts davon übrig blieb, nicht einmal ein paar schmale Büchlein mit fliederfarbenem Einband, von denen ich kein einziges Exemplar mehr besaß. Ich hatte zwar welche eingepackt, bevor ich meine Wohnung verließ, sie dann aber auf der Straße zurückgelassen, Relikte eines vergangenen Lebens, das endgültig abgeschlossen war. Die Erinnerung an mein Dasein als Dichterin war inzwischen so abstrakt, daß ich an seiner Realität zweifelte. Und doch klammerte ich mich an seine flüchtigen Spuren, so wie mein Blick magisch angezogen war von den mageren Überresten des gespensterhaften Marders und sich darin verlor wie in einem kleinen Abgrund, wie im Auge eines lächerlichen Zyklons, der im Innern dieses kleinen Tieres alles Leben, alle Wesen und deren Sehnsüchte versammelte, die verzweifelt versuchten, fortzudauern und etwas weiterzugeben.

13

Ich verbrannte immer größere Mengen Holz im Kamin. Die Holzscheite, die hinter dem Haus gestapelt waren, hatte ich fast verbraucht. Soviel ich auf meinen Wanderungen auch zusammenklaubte, ich brachte immer nur ein paar Bündel mit zurück, oder zwei oder drei Holzstücke, die ich von einem Stapel Rundhölzer am Straßenrand mitgehen ließ. Bald hatte ich meinen Vorrat aufgebraucht. Dabei lag überall reichlich Holz herum, das niemand aufsammelte.

Ich sah Maschinen vorbeifahren, riesige Forstgerätschaften, Traktoren, Lastwagen und Anhänger, ich hörte das Heulen von Motorsägen im Nachbarwald, doch ich begegnete nie einem Holzfäller, auch keinem Bauern oder Straßenarbeiter. Man hätte meinen können, die Menschen wären verschwunden und die Maschinen regierten an ihrer Stelle. Gigantische Raupenfahrzeuge, die auf ihrem Weg Bäume zermalmten, rollten über umgestürzte Stämme, schlugen breite Schneisen in den Waldboden und das Unterholz, wo der Abdruck der Reifen noch lange sichtbar blieb. Mancherorts sah es aus, als hätte gerade ein Krieg stattgefunden. Ein Massaker an Sträuchern und Jungpflanzen, gnadenlos zerhackte und abgeholzte Bäume, in Ketten gelegt und brutal an den Waldrand verschleppt, ohne die geringste Rücksicht darauf, was auf dem Weg dorthin wuchs.

Zerstören, beschädigen, verwüsten, auf das Lebendige herabsehen, das können die Maschinen auf dem Land am besten. Ich legte einen Schritt zu, die Überreste der mißhandelten Natur verströmten eine Trostlosigkeit, daß mir fast übel wurde. Anfangs hatte ich noch angenommen, irgendwer würde hier wieder für Ordnung sorgen und die wie Mikadostäbe durcheinandergepurzelten Bäume wegschaffen, die abgeholzten, geköpften Stämme, die mit emporragenden Wurzeln herumliegenden Jungbäume. Mir wurde bald klar, daß die Maschinen nach der Verwüstung nicht zurückkehrten, es würde bei diesem apokalyptischen Chaos bleiben.

Im Nachbarwald hatten sie Dutzende von Laubbäumen, Buchen, Akazien und Kastanien, knapp oberhalb des Bodens abgeholzt, die nun über den breiten Spurrillen der Mordmaschinen lagen. Man mußte sich nur bedienen. In der Werkstatt gab es eine große Handsäge. Das Sägeblatt war nicht mehr neu, sah aber stabil aus und war vom Rost verschont geblieben. Bis zum Waldrand mußte ich nur zwei Wiesen überqueren. Ich hatte noch nie in meinem Leben Holz gesägt, aber ich würde es lernen.

Fluchend und schwitzend mühte ich mich eine Stunde lang vergeblich. Das Sägeblatt rutschte immer wieder von der Rinde und als es sich schließlich doch hineingebohrt hatte, ließ es sich kein Stück mehr bewegen. Ich war mehrmals drauf und dran aufzugeben, doch dann dachte ich an Nisa, holte tief Luft und machte mich wieder an die Arbeit. Im Laufe der zweiten Stunde sägte ich ein halbes Dutzend Holzstücke ab, ich kam nun besser mit der Säge zurecht, doch es war äußerst anstrengend. Am Ende zersägte ich noch eine kleine Buche in drei lange Segmente, dann trat ich den Heimweg über die Straße an. Ich hatte nicht mehr die Kraft, die abschüssigen Wiesen hinunterzusteigen. Meine Arme fühlten sich taub an, ich konnte mich kaum auf den Beinen halten, mein Rücken tat weh, und als ich meine Handschuhe auszog, entdeckte ich dicke rote Blasen in meinen Handflächen.

Am nächsten Morgen befestigte ich eine Kiste, die ich im Keller gefunden hatte, auf dem Gepäckträger des Fahrrads und machte mich auf den Weg, das zersägte Holz zu holen. Ich mußte zweimal fahren, dann kehrte ich noch einmal um, um Kleinholz zu sammeln, das es in Hülle und Fülle gab. Ich stapelte meine Ausbeute hinter dem Haus, wo der Vorrat schon bei meiner Ankunft gelagert war. Als das Holz schließlich vor der Wand lag, kam es mir so wenig vor, daß ich mich sogleich erneut auf den Weg machte. Doch mit den Blasen an meinen Händen konnte ich nicht lange sägen. Ich setzte mich auf den Baumstumpf einer Pinie und betrachtete den Schauplatz der Zerstörung ringsum, während ein Grünspecht unermüdlich gegen einen Baum klopfte, tock tock tock. Ich suchte nach ihm, versuchte herauszuhören, von wo das Geräusch kam, aber ich konnte ihn nicht finden. Der Specht jedoch und alle anderen Tiere in Wald und Flur konnten mich sehen, auch wenn sie sich mir nicht zeigten.

Es war etwas wärmer geworden. Ich nutzte die schönen Tage, um eifrig Brennholz zu machen. Ich hatte meine Hände mit einem alten, in Streifen geschnittenen Laken verbunden und ging systematisch vor, es gelang mir immer besser. Die Säge war nicht einfach zu handhaben – das Blatt war stumpf und insgesamt war sie viel zu schwer für mich –, aber irgendwie kam ich zurecht. Auf diese Weise stapelte ich einen knappen Meter Holz auf, so breit wie das Vordach der Werkstatt, die als Lager diente. Das Holz war noch nicht richtig trocken, es qualmte im Kamin, aber besser als nichts. Jedenfalls konnten wir damit das Haus eine Zeitlang heizen.

Manchmal war ich zuversichtlich, daß Nisa sich bestens an dieses harte, einfache Leben gewöhnen würde, in anderen Momenten erschreckte mich die Vorstellung, sie so vielen Entbehrungen aussetzen zu müssen. Dieser Gedanke plagte mich besonders am Abend, bei Einbruch der Nacht, wenn ich in dem kalten, düsteren Haus saß und die Aussicht, den Abend in Stille und Einsamkeit verbringen zu müssen, mir so zusetzte, daß ich es physisch spürte. Ein Schraubstock schien meine Brust zu zerquetschen, ich bekam keine Luft mehr, mein Magen krampfte sich zusammen. Ich hätte alles dafür gegeben, an einem anderen Ort zu sein.

Was ich am meisten fürchtete, war nicht die Kälte. Daran gewöhnt sich der Körper, außerdem kann man sich dick einpacken, etwas Warmes trinken, sich bewegen oder in Decken einmummeln und lesen oder malen. Ich hatte keine Angst, daß Nisa frieren könnte. Kindern machen Temperaturunterschiede viel weniger aus, als man meint. Ich selbst fand mich mit vierzehn Grad Innentemperatur inzwischen gut zurecht, obwohl es mir anfangs bitterkalt vorkam.

Das Licht, oder vielmehr das fehlende Licht, schien mir viel schwerer erträglich. Die Tage wurden immer kürzer. Durch die kleinen Fenster und dicken Mauern war das Haus ohnehin dunkel. Ich mußte es irgendwie schaffen, Strom zu bekommen. Eines Morgens ging ich zur Post und rief bei den Stadtwerken an. In dem kleinen Postamt gab es zwei enge, alte Telefonkabinen mit einer Glastür, beide waren mit einem Telefonbuch, einem Hocker und einem Schreibbrett ausgestattet. Die Angestellte, die mit deutlicher und etwas heiserer Stimme antwortete, fragte mich nach der genauen Adresse des Hauses, dann sagte sie: »Alles klar«, und teilte mir mit, daß in den nächsten achtundvierzig Stunden ein Kollege vorbeischauen würde. »Dann müßte jemand zu Hause sein«, fügte sie hinzu. »Die genaue Uhrzeit kann ich Ihnen nicht sagen.«

Als ich mich bei ihr erkundigte, welche Dokumente ich vorlegen müßte, antwortete sie: »Gar keins«, und ihr Tonfall wurde schärfer, als hätte meine Frage sie ein bißchen schockiert.

»Wir liefern jedem Strom, der uns darum bittet. Dafür benötigen wir keine Legitimation.«

Ich war verblüfft. Ich bedankte mich ausgiebig und legte auf. Ich konnte es kaum glauben. Als ich das Postamt verließ, war ich so mit der wunderbaren Neuigkeit beschäftigt, daß ich nicht den Geländewagen auf der Hauptstraße kommen sah. Ein langes Hupen riß mich aus meinen Gedanken, ich sprang zur Seite. Ich erkannte den Weinbauern – oder sollte ich Winzer sagen? – aus Saint-Loup, der mit einer entschuldigenden Geste grüßte. Der Wagen hatte abgebremst, ich dachte, er würde anhalten, doch er fuhr weiter. Bevor ich die Stadt verließ, kaufte ich in der Bäckerei noch ein paar Vorräte, denn ich war seit einer Woche nicht hier gewesen, und es fehlte mir an fast allem. Das Sägen des Holzes hatte mich hungrig gemacht, ich hatte mit größerem Appetit gegessen und meine Reserven schneller verbraucht als geplant. Eigentlich wäre der nächste Einkauf erst zwei Tage später fällig gewesen. Aber ich hätte noch viel mehr dafür gegeben, so leicht an Strom zu kommen.

Ich konnte es gar nicht fassen, daß in dieser überkontrollierten Gesellschaft, die so viel Wert auf materielle Sicherheit und greifbares Vermögen legte, manche Dinge doch so einfach waren. In diesem einen Fall trug die Zauberin Elektrizität ihren Namen zurecht. Als ich am Nachmittag die Küche putzte, hörte ich ein Auto den Weg heraufkommen. Schon! Da waren sie schon! Ich rannte zur Haustür, ohne vorher auch nur einen Blick aus dem Fenster zu werfen. Ich blieb wie angewurzelt auf der Schwelle stehen, als ich den Winzer aus seinem dicken dunkelgrünen Geländewagen steigen sah. Mein erster Reflex war, schnell wieder ins Haus zu flüchten und die Tür hinter mir zu schließen, doch ich beherrschte mich und ging auf ihn zu. Er war auf Höhe des Gartenzauns stehengeblieben.

»Ich hoffe, ich störe Sie nicht.«

»Nein«, sagte ich und knetete die Gummihandschuhe, die ich noch in den Händen hielt.

»Geht es Ihnen gut? Nochmals Entschuldigung wegen vorhin, ich hatte Sie nicht gesehen.«

»Ich Sie auch nicht.«

»Ich fahre heute Nachmittag in die Stadt, soll ich Sie mitnehmen?«

»Unmöglich, heute Nachmittag ist unmöglich. Danke. Vielen Dank.«

»Na ja. Vielleicht ein anderes Mal. Sagen Sie ...«

Ich sah zu ihm auf, direkt in seine Augen.

»Ähm ... Ach, nichts. Also, dann bis zum nächsten Mal.«

Damit verschwand er. Ich ging langsam zum Haus zurück, verlegen und erleichtert zugleich. Schließlich gab es nicht viele Leute, die mir ihre Hilfe anboten. Doch ich war furchtbar mißtrauisch geworden und konnte die Abwehrhaltung nur schwer wieder ablegen, die ich mir in Paris, übrigens ganz unnützerweise, angeeignet hatte. Denn kein Mensch dort interessierte sich für mich, und wenn mir doch jemand etwas Böses wollte, konnte mich ohnehin nichts davor schützen.

14

Eines Abends wurde ich von zwei Clochards angegriffen, vielleicht waren es aber auch Kriminelle. Es war schon Nacht, erst beschimpften sie mich nur, dann begannen sie mich zu schlagen. Wie alle Alkoholiker hatten sie eine schlechte Motorik und trafen nicht richtig, aber in ihren Schlägen steckte so viel unbändige Brutalität, daß ich dachte, sie bringen mich um. Ich vermutete, daß sie es auf meine Sachen abgesehen hatten, aber nein, nachdem sie mich ausgiebig verprügelt hatten, zogen sie fluchend davon. Sie hatten mich übel zugerichtet, Blut lief aus meiner Nase und meinem Mund, ich war mit blauen Flecken übersät, hatte furchtbare Kopfschmerzen, in meinen Ohren brummte es tagelang, auch die anderen Schmerzen überall am Körper blieben.

Nicht, daß ich damit gerechnet hatte, daß so etwas passieren könnte, doch ich empfing die Prügel wie etwas ganz Selbstverständliches. Anstatt mich zu wehren, steckte ich nur ein, ich spürte die Fäuste in meinem Leib, die Sohlen auf meinen Händen und meinem Schädel, doch ich hatte mich mit diesem Grad von Gewalt schon abgefunden, es erstaunte mich nicht. Ich sagte mir, so, das ist nun das Ende, der Alptraum ist endlich vorbei, das hätten wir geschafft! Gleichzeitig war ich tief gekränkt, die Demütigung ließ die Überreste meines Stolzes und meiner Würde aufbegehren. Ich dachte an Nisa, ich konzentrierte mich auf sie, um gegen die Zerstörung anzukämpfen. Ich versuchte mich ganz in mich zurückzuziehen, mich von der verletzten Oberfläche abzukehren, ich wollte mich im innersten Kern meines Ichs verschanzen, in der unerreichbaren Mitte, wo der ewige Atem der Menschheit zusammenströmt, doch was ich dort vorfand, war gähnende Leere, durchzogen von unsichtbaren Windstößen. Ich spürte, wie eine heftige Brise durch meine Eingeweide blies und das Innerste meines geschundenen Körpers forttrug. Ich hatte keinen Zufluchtsort mehr.

An den Tagen darauf war ich am Boden zerstört. Mein Wille war gebrochen, all mein Mut in sich zusammengefallen und mein Optimismus verflogen, ein Schatten hatte sich auf meine Seele gelegt. Ich löste mich auf, ich zerfiel in ungreifbare Teilchen, in davonfliegende Fetzen, meine Existenz verlor ihre Konturen, ihre Klarheit, unsichtbare Drahtseile in meinem Innern hielten mich am Leben und zwangen meinen Körper zu den nötigsten Gebärden. Ich hätte nie gedacht, daß ich so schlecht mit solch einer Erfahrung umgehen würde.

Mein Geist war ganz auf den verschwommenen Lichtschein ausgerichtet, der in der Ferne flackerte, am anderen Ende dieses endlosen Tunnels, in dem es kalt und feindselig war. Ich ging los, doch schon nach dem ersten Schritt stürzte ich in unterirdische Gefilde und war einen Augenblick später vom Erdboden verschluckt. Einmal dort unten, war ich bereits so tief gesunken, daß eine Umkehr weder denkbar noch möglich war, so undurchdringlich schien die Finsternis, die den Stollen wie eine schwarze Masse versperrte und mir den Rückweg abschnitt.

Ich stolperte weiter, fixierte den winzigen Fleck, das blasse, trübe Auge, das meinen Fluchtpunkt markierte, das Ziel, das Auftauchen ans Licht, doch ich kam nicht vorwärts, der Lichtpunkt am anderen Ende wurde nicht größer, nichts tat sich, ich ging und ging, aber ich rührte mich nicht mehr von der Stelle. Ich erlebte einen Alptraum ohne Ende. Wenn ein Traum zu unerträglich wird und die Panik zu groß, wacht man gewöhnlich auf, doch dieses Erwachen kam nicht, die Nacht blieb, und aus ihren Falten streckte sie die Krallen nach mir aus.

In einer Umkehrreaktion, die ich nie für möglich gehalten hätte – ich war nie krank gewesen, verbot mir Wehleidigkeit und ignorierte jede Art von körperlichem Leiden –, machte mein Körper nun, was er wollte, und wahrscheinlich war dies die einzige Möglichkeit zu überleben. Gut zwei Wochen lang hatte ich Blutergüsse, dicke Schorfkrusten und Veilchen, meine Lider wechselten die Farbe von Lila über Dunkelblau zu Grün, bevor sie orangegelb wurden, schließlich verblaßten und wieder die Farbe der Haut annahmen. Ich traute mich nicht, mein Spiegelbild zu betrachten, dem ich hier und dort begegnete, in Schaufenstern oder in den Scheiben eines Cafés ... Mit meinen zerrissenen Kleidern, meinem lumpigen Aufzug, meinen geschwollenen Augen sah ich aus wie eine Pennerin. Das Stadium der Scham hatte ich bereits hinter mir gelassen, manchmal entlockte mein Spiegelbild mir ein kurzes Lachen, vor dieser Karikatur meiner selbst konnte ich einfach nicht ernst bleiben. Die Schmerzen gingen nicht ganz weg, wahrscheinlich hatte ich ein oder zwei verstauchte, wenn nicht gar gebrochene Rippen, und wenn ich meinen rechten Arm falsch bewegte, stöhnte ich vor Schmerz. Irgendwann ging auch das vorbei, und ich konnte meine Arme und Beine wieder ganz normal benutzen.

Ich lernte das Gesetz der Materie kennen, das mir vorher fremd war, und das Prinzip des Materiellen, von dem ich glaubte, ich könnte mich darüber hinwegsetzen. Es hatte nichts mit Demütigung oder Kränkung zu tun, ich hatte diese Dinge einfach nie berücksichtigt, zu Unrecht, denn in der Poesie geht es nicht nur um den Äther und die hehren Sphären der Empfindsamkeit, man begegnet ihr in den banalsten Kleinigkeiten des Lebens, sie kann sich sogar in etwas Häßlichem oder Gemeinem verstecken. Daß ich dies vernachlässigt hatte, trat nun mit solcher Evidenz zutage, daß es mir nicht einmal mehr möglich war, davon zu profitieren.

Diese Episode zwang mich, alle Karten neu zu mischen. Der Schaden, der Knacks, den ich erlitten hatte, war keineswegs nur körperlich. Nachdem der erste

Schock überwunden war, gab ich mir Mühe, die ganze Sache als unglücklichen Zwischenfall abzutun. Ich redete mir ein, so etwas könne halt passieren – wenngleich es mir nie zuvor passiert war –, doch in Wahrheit wurde ich das Wissen um meine Verwundbarkeit nicht wieder los, blieb ängstlich und nervös. Ich glaubte mich nirgends mehr sicher, und das fortwährende Gefühl des Verlorenseins versetzte all meine Sinne in ständige Alarmbereitschaft. An die Stelle meiner gewohnten Intelligenz trat eine Art organischer Instinkt, und diese Veränderung verwehrte mir den Zugang zur Vernunft, zu jener *anderen* Art von Intelligenz, die mir hier nicht helfen konnte. Der Geist war vom Körper abgelöst worden, darauf mußte ich mich wohl oder übel einstellen.

Auf eine gewisse Weise hatte ich es immer abgelehnt, mich mit den Schattenseiten des menschlichen Daseins zu beschäftigen, mich zog es stets an die hellen, von strahlendem Licht durchfluteten Orte, den Niederungen des Elends und der Finsternis kehrte ich entschlossen den Rücken. Als Dichterin betrachtete ich es als meine Aufgabe, das Schöne zu besingen, und sei es noch so unergründlich. Ich glaubte an die Erlösung durch die Form, als letzten Versuch eines Ausgleichs, als Gegenpol zur Schwierigkeit des Daseins, glaubte, daß Hoffnungslosigkeit die zwangsläufige Folge der tragischen Situation des Menschen sei. Selbst eine Schandtat drückte ich mit erhabenen Worten aus, die sie nicht achtenswerter, aber immerhin vorstellbar machten, sie aus dem Schlamm emporhoben und in ihrer Blöße zeigten, ohne das grobe Beiwerk von Perversion und Sünde.

In der Situation, in der ich mich nun befand, war diese Haltung nicht länger möglich. Erstens schrieb ich nicht mehr und mußte auf den Rückhalt der Poesie verzichten, und im übrigen war mein eigenes Leben im fahlen Grau der Morgendämmerung und bleischwarzer Tage versunken. Ich hatte die Hoffnung noch nicht aufgegeben, noch nicht ganz, doch ich glaubte nicht mehr an eine Erlösung des Menschen durch die Sublimierung seiner schlimmsten Leiden.

Im Grunde war das ein Schritt nach vorne, doch das konnte ich damals noch nicht erkennen. Auch war ich nicht in der Lage, von einer Erfahrung zu profitieren, die mich meine ganze Kraft und all meine seelischen Energien kostete, auch jene, von denen ich zuvor nichts ahnte. Mein Leben war nur noch ein Chagrinleder, aber immerhin war ich am Leben. Ich mußte oft an François Villon denken, das tat mir gut.

Im August ergriff die Trägheit Besitz von Paris. In den Straßen wurde es ruhiger, und die Bürgersteige waren wie leergefegt. In der Lethargie des Sommers ging alles ein bißchen langsamer. Der Druck schien etwas nachzulassen, dennoch wirkte die Stadt trostlos ohne die vibrierende Hektik, die den Charme einer Metropole ausmacht, das nie abreißende pulsierende Treiben, die fortwährende Beleuchtung, der dumpfe Lärm, der sogar das Herz der Nacht noch schneller schlagen läßt. Ich fühlte mich besser, im Einklang mit der Melancholie ringsum verwandelte sich mein Kummer in tiefe Nostalgie. Die Erinnerung an die vergangenen Sommer verankerte dieses Gefühl in einer Art Katalog verlorener Freuden, zerstörter Illusionen und verflossener Lieben. Im Sommer herrschen in Paris eine drückende Langsamkeit, die jedes Glücksgefühl lähmt, und eine Langeweile, die jeden Übermut erstickt. Jeder Erinnerung haftet das Siegel der Betroffenheit an.

Ich verbrachte viel Zeit an der Seine, ich bummelte am Ufer entlang, streckte mich auf den Quais aus, ich verlor mich in Gedanken und sah zu, wie das Wasser dahinfloß, wie die Blätter der Pappeln unter der Liebkosung des lauen Windes erzitterten. Und ich las, ich las die drei Bücher noch einmal, die ich mitgenommen hatte, obwohl ich sie schon auswendig kannte. Ich hatte sie bereits hundertmal gelesen, weil ich sie so sehr liebte und schätzte, doch die Worte besaßen nicht mehr den alten Klang, der Zauber der Lektüre wollte sich nicht einstellen, es gelang mir nicht, mich in eine andere Welt hineinzufinden, und sei sie noch so vertraut. Ich hatte das Glück der Flucht verloren, ich war nicht mehr in der Lage, mich einfangen und an andere Orte entführen zu lassen. Ich wollte nicht aufgeben und blätterte weiter, auf einen Funken hoffend, auf irgendein Wunder, durch das ich die Poesie wiederfand, die Poesie der anderen und meine eigene.

Die wild entschlossene Gefahr, die hier lauerte, konnte ich noch nicht erkennen, der Feind hockte im undurchdringlichen Schatten und wartete geduldig und ausdauernd auf seine Stunde, wie Wasser, das unablässig die Felsen am Ufer aushöhlt, gestärkt durch die endlose Zeit, die ihm zur Verfügung steht.

15

Die Tage und Wochen vergingen. Inzwischen hatte ich elektrischen Strom. Von allen Haushaltsgeräten, die ich wieder in Betrieb nehmen konnte, war mir nur der Boiler wichtig. Ich benutzte weder den Kühlschrank (in der Küche war es auch so kalt genug) noch die Waschmaschine (ich besaß nur eine Hose und zwei oder drei Blusen), die Nähmaschine, den Toaster oder den Mixer. Ein Radio oder einen Staubsauger gab es nicht, leider! Auch das Dampfbügeleisen brauchte ich nicht, ich hatte nichts zu bügeln.

Die Sozialarbeiterin hatte mir ein mehrseitiges Formular zugeschickt, das ich ausfüllen sollte, sowie eine Liste einzureichender Dokumente, darunter ein medizinisches Gutachten, eine Versicherungsbescheinigung, der Nachweis über eine bestehende Bankverbindung und eine ganze Menge ähnliches Zeug ... Aber kein Wort über Nisa. Ich konnte den Umschlag drehen und wenden, sein Innerstes nach außen kehren so oft ich wollte – nichts. Diese Post versetzte mich in ohnmächtige Wut. Meine Traurigkeit ließ sich nur durch meinen Zorn ertragen. Die meisten Papiere, die man von mir haben wollte, befanden sich in Paris, doch es hatte keinen Sinn, dorthin zurückzukehren, bevor ich Neuigkeiten vom Notar hatte. An manchen Tagen beschlich mich das Gefühl, ich würde das Geld aus dem Erbe nie bekommen.

Ich fühlte mich in der Falle auf dem Land. Es war kalt und trostlos, an manchen Tagen lag bis zum Mittag alles unter einer dicken Nebelschicht verborgen, und bisweilen regnete es zwei oder drei Stunden ohne Unterbrechung. Die Bäume hatten ihre Blätter verloren, die wenigen, die noch an den nackten Zweigen hingen, waren braun und schrumpelig wie kleine verkrampfte Hände. Die Pflanzen waren verwelkt, ihre Blätter und Stiele lagen umgeknickt auf der gefrorenen Erde, und die wenigen Blüten, die man hier und da noch an irgendeinem Busch oder in einem Gartenbeet sah, wirkten wie ein Irrtum, ein Anachronismus. Die Tiere verkrochen sich, die Vögel sangen kaum noch, die großen Raubvögel zogen am weißen Himmel ihre Kreise, regelmäßig und geduldig. Die Kühe standen wieder in ihren Ställen. Die Insekten waren verschwunden, auch die Frösche von den Ufern des Flusses, ich sah keine Eidechsen mehr, auch nicht das Pärchen Fledermäuse, das abends vor dem Haus tanzte.

Wie all diese Tiere hielt ich einen ausgiebigen Winterschlaf, ich wartete geduldig und tatenlos, siechte dahin und zerging allmählich in der dumpfen und nebligen Atmosphäre. Wie die anderen Geschöpfe ringsum versuchte ich an eine Wiedergeburt zu glauben, an die Rückkehr des Frühlings, an ein neues Leben. Es gelang mir nicht jeden Tag. Nisa fehlte mir, aber auf eine immer diffusere Art und Weise. Die Sehnsucht nach ihr war nicht mehr so stark wie anfangs, ich dachte zwar immer noch an sie (ich dachte jeden Tag an sie), doch die Unruhe stumpfte mit der Zeit ab. Das Warten richtete sich irgendwo zwischen heimlicher Resignation und unfreiwilliger Passivität ein. Ich gewöhnte mich daran, ich gewöhnte mich an das Alleinsein. Zumindest glaubte ich das.

Als ich wieder Strom hatte, wollte ich den Dachboden inspizieren. Er war über eine Luke in einer Ecke der Küchendecke zu erreichen. Darunter hing eine Leiter, die man nur an die Wand lehnen mußte. Wenn man auf der letzten Sprosse stand, konnte man die Luke mit einer Schulter aufstoßen, dann hielt man sich an den niedrigen Dachbalken fest und stemmte sich hinauf. Der Speicher bestand aus einem großen Raum mit staubbedecktem Boden, leer und vollgestopft zugleich. Gebrauchte Möbel, Koffer, aufgetürmte Kartons, mit alten Büchern überladene Regale, lädierte Gegenstände, Lampen mit schiefem Schirm, Stühle mit drei Beinen, alte Nähmaschinen und ein vorsintflutliches Grammophon, alles stand wild durcheinander. Von der Decke hing eine Glühbirne, deren Licht kaum einen Winkel verschonte. Die grelle Beleuchtung verlieh dem Dachboden ein monochromes Gewand, auch durch die einheitliche Farbe des Staubes, der in einer dicken Schicht auf allem lag, erstarrt in der Regungslosigkeit tauber und stummer Ewigkeit. Es brauchte einige Tage und kostete mich große Überwindung, bevor ich meine ersten Nachforschungen anstellte.

Ich suchte nichts Bestimmtes, ich wollte nur ein bißchen Ordnung in das Chaos bringen und – auf die Idee kam ich recht bald – den Dachboden entrümpeln, um ihn als Spielzimmer für Nisa oder als Schlafzimmer für uns beide zu nutzen. Zwischen den Dachbalken steckte rohe Glaswolle. Durch die Fugen der Dielen schimmerte das Licht aus der unteren Etage. Die Seitenwände, die höchstens einen Meter hoch waren, bestanden aus unverputzten, grob mit Zement aneinandergemauerten Steinen. Die beiden Dachschrägen stiegen schnell in die Höhe, so daß der First sich sehr viel weiter oben befand als eine normale Zimmerdekke. Durch die steile Schräge der Mansarde konnte man fast überall aufrecht stehen. Erst räumte ich nur ein paar Sachen durch die Gegend, was große Mengen Staub aufwirbelte, der im harten Licht der baumelnden Glühbirne tanzte. Irgendwann beschloß ich, die Koffer und Truhen, Regale und Kartons zu leeren und ihren Inhalt zu sortieren. Inzwischen war es sehr kalt geworden, und ich mußte mich bewegen. Da die Straßen oft vereist waren, wanderte ich nicht mehr viel, und ich hackte auch kein Holz mehr, weil meine Hände an den eiskalten Baumstämmen steif wurden. Der Nebel in den Tälern löste sich gar nicht mehr auf, die ganze Landschaft krümmte sich unter der beißenden Kälte, der Tag zog sich schmollend zurück und ging immer früher schlafen, die frostigen Nächte dauerten endlos.

Ich hatte keinerlei Nachricht von Nisa, ich drehte mich im Kreis, sah mit Schrecken, daß die Tage vergingen und nichts anderes brachten als diese eisige Blässe, diese kompakte Stille, nur ab und zu zerrissen vom Krächzen eines Rabenpaars auf Diebestour. Auf dem Dachboden fand ich eine Beschäftigung, obwohl ich Skrupel hatte, in anderer Leute Sachen herumzuwühlen. Doch ihre Besitzer hatten wohl vergessen, daß sie hier irgend etwas abgestellt hatten, vielleicht waren sie sogar längst tot.

Ich fand jede Menge Wäsche, auch Kleidung, Geschirr, Decken und Nippes. Beim gemächlichen Auspacken – ich holte eins nach dem anderen ganz in Ruhe hervor – beschlich mich das merkwürdige Gefühl, das man hat, wenn man alte Dinge aus dem Vergessen, aus der Vergangenheit ausgräbt, Zeugen eines früheren Lebens, unscheinbarer alter Kram, den diejenigen, die ihn weggeräumt hatten, dennoch für würdig genug hielten, aufbewahrt zu werden, oft gewissenhaft gefaltet, eingeschlagen, beschützt, weil er eines Tages noch einmal nützlich sein könnte, nach der langen Verlassenheit wiedergeboren, nach dem harten Exil unter dem Dach zu neuem Leben erweckt.

Einzeln betrachtet besaß keiner dieser Gegenstände großen Wert (ein Dutzend Hemden mit plissierter Brust, kleine Porzellanfiguren, Vasen, gebundene Bücher, Urlaubspostkarten, weiße Leinentücher mit roter Bordüre, altes Werkzeug, Bettwärmer aus Kupfer), doch das war kein Grund, sie wegzuwerfen. Nachdem ich alles verloren hatte, so arm gewesen war, daß es mir an allem fehlte, bevor ich hier materielle Sicherheit fand, entrümpelte ich den Dachboden mit zwiespältigen Gefühlen, voller Dank und Traurigkeit. Traurigkeit bei dem Gedanken an das, was ich zurückgelassen hatte, und Dankbarkeit für all diese unbrauchbaren, von der Welt abgeschnittenen Gegenstände, mit denen ich mich sofort verbunden fühlte, auf ähnliche Art aussortiert und vergessen.

Ich entdeckte auch viel Papierkram. Briefe und mit Federhalter geschriebene Postkarten, in der geneigten Schrift der Leute, die vor dem Krieg geboren sind. Ich las sie, als wären diese banalen, oberflächlichen Sätze an mich gerichtet: *Meine liebe Cousine, Léon war sehr krank, doch nun sind wir seit Oktober an der Riviera und es geht ihm schon viel besser. Ich wünsche Dir, Jacques und den Kindern ein schönes Weihnachtsfest und alles Gute für das nächste Jahr … Liebe Mama, Louise und ich verbringen eine schöne Ferienzeit am Meer, es ist sehr windig, aber die Kinder haben dennoch großen Spaß am Strand. Ganz herzliche Grüße … Mein Liebling, wenn Du wüßtest, wie sehr Du mir fehlst. Ostern komme ich ganz bestimmt nach Chantenay, aber Du wärst ein Engel, wenn Du mir vorher 500 Francs zukommen lassen könntest. Einen ganz dicken Kuß von Deinem Pierrot.*

Ich hatte meine Freude an diesen belanglosen Mitteilungen, gelegentlich tauchte eine Todesanzeige mit Trauerrand auf, dann wieder eine Geburtsanzeige auf blumenumranktem Karton, geschmückt von Engelchen mit goldgesäumten Flügeln. Es war wie ein Dolchstoß durch mein Herz, als ich auf die von Philippes Geburt stieß. Zwei kleine blaue, gaufrierte Schleifen auf beiden Seiten einer Karte aus Glanzpapier umrahmten seinen Vornamen, darunter stand ein

Datum: 26. März 1963. Keine vierzig Jahre später hatte ich ihn zu Grabe getragen. Ich steckte das Kärtchen ein. An den beiden folgenden Tagen konnte ich nicht mehr auf den Dachboden hinaufgehen.

Ein Brief von Nisa sorgte für ein bißchen Abwechslung. Er enthielt mehrere Bilder und eine holprige, ungeschickt hingekritzelte Nachricht, die bestimmt nicht von ihr stammte, denn sie konnte noch nicht schreiben. *Liebste Mama,* stand da, *komm mich bald holen, wir haben einen neuen Kanarienvogel, und ich kann schon mit dem Kopf unter Wasser tauchen. Kommst du an Weihnachten? Ich hab dich lieb.*

Auf den Bildern wimmelte es von bunten Herzen, dreieckigen Bäumen und Strichmännchen mit überdimensionalen Armen und Beinen. Nisa hatte sie eigenhändig signiert, ich erkannte die riesigen Großbuchstaben, mit denen sie schon seit einigen Monaten ihren Vornamen schrieb. Ich ging wieder auf den Dachboden und las weiter Karten und Briefe, einzig in der Hoffnung, etwas von Philippe zu entdecken. Ich hatte keine Freude und kein Interesse mehr an dem trivialen Geschreibsel, jede Rührung und Neugier waren verschwunden. Was ich zuvor als anonyme Schriftwechsel betrachtet hatte, bekam plötzlich eine andere Dimension. Mir wurde auf einmal klar, daß die Vergangenheit, die ich dort aus dem Schatten hervorzerrte, nicht die völlig fremder Menschen war. Das machte den Umgang damit ungleich schwieriger und auch weitaus gefährlicher.

Es war Philippes Vergangenheit, in der ich herumwühlte, auch die fernen Zeiten vor seiner Geburt gehörten zu seiner Lebensgeschichte oder waren zumindest ein Teil davon. Léon, Jeanne, Louis, die Tanten Colette und Bernadette, die Cousins und die Freunde der Familie, vielleicht hatte er sie gekannt, mit ihnen einen jener Momente der Kindheit geteilt, die man im Augenblick des Erlebens noch nicht als Glück empfindet, im Nachhinein aber als unbeschwerte Heiterkeit erinnert, als absoluten Frohsinn, als berauschende Fülle.

Ich fand eine Postkarte von Philippe an seine Großmutter, er muß damals im Ferienlager gewesen sein. *Liebe Omi,* hatte er auf die Rückseite einer Karte mit dem Mont Ventoux geschrieben, *wir haben viel Spaß hier auf dem Bauernhof. Ich weiß jetzt, wie man Ziegen melkt und Käse macht. Ich bringe Dir welchen mit. Vergiß nicht, mir etwas von der Erdbeermarmelade aufzuheben, die ich so gern mag, Du weißt schon welche. Ganz herzliche Grüße, Dein Philippe.*

Der Poststempel datierte vom Juli 1972, da war Philippe neun Jahre alt.

16

Als ich eines Tages in der kleinen Stadt war, um ein paar Vorräte zu besorgen, traf ich auf dem Marktplatz den Winzer. Er sah mich zuerst und kam auf mich zu. Ich konnte ihm nicht mehr ausweichen, im übrigen war mir auch gar nicht danach. Weit weg vom Dorf machte er keinen so großen Eindruck auf mich. Er rieb sich seine roten Hände.

»Guten Tag«, sagte er, »ich würde Sie gern auf einen Kaffee einladen.«

Das Café war einen Katzensprung entfernt, wir mußten nur die Hauptstraße überqueren. Es war kalt, in der Luft schwirrten Tausende unsichtbare feuchte Nadeln umher und kündigten Schnee an. Der Nordwind ließ alles gefrieren, was er berührte. Ich folgte dem Winzer, schon an der Eingangstür des Cafés schlug uns warme Luft entgegen. Er setzte sich an den kleinen Tisch an der Seite, den auch ich ausgesucht hatte, als ich zum ersten Mal hier war. Die Kellnerin kam träge auf uns zu.

»Einen doppelten Espresso«, sagte er und machte eine Kopfbewegung in meine Richtung, die soviel bedeuten sollte wie: »Und Sie?«

»Einen ...«, begann ich. Ich wollte »einen Milchkaffee« sagen, aber das Wort fiel mir nicht ein. »Einen Kaffee auch für mich, mit Milch.«

»Ich habe Sie in letzter Zeit gar nicht mehr gesehen, waren Sie nicht da?«

»Doch, aber ich war sehr beschäftigt.«

»Und womit, wenn ich fragen darf?«

»Ich ... ich habe Holz gemacht. Und ich mußte ... (ich wollte »aufräumen« sagen, ließ den Satz aber unbeendet). Ich war auf dem Dachboden.«

Er lachte und entblößte seine makellosen Zähne. Der Kaffee kam. Er ließ zwei Stückchen Zucker in seine Tasse fallen, trank einen Schluck, gab einen dritten Würfel hinzu.

»Ich heiße Thierry, und Sie?«

»Marie. Marie Pons.«

»Thierry Vallet.«

Er streckte mir seine Hand über dem Tisch entgegen, sie war nun nicht mehr so gerötet. Ich drückte sie ganz kurz, nicht kräftig.

»Bleiben Sie lange in La Varenne? Ich frage nur, weil man die Leute, die hier in die Gemeinde ziehen, an einer Hand abzählen kann. Es ist eher das Gegenteil. Die meisten hauen ab.«

»Ja, ich glaube, ich werde eine Weile bleiben. Wenn das geht.«

»Fühlen Sie sich wohl in Ihrem Haus?«

»Ja, doch. Ich habe nur etwas Ärger mit dem … ähm … na, Sie wissen schon, das Teil, das die Gasflasche schließt.«

Die Worte kamen mir einfach nicht in den Sinn, immer wenn ich sie aussprechen wollte, flogen sie davon. Ich war überrascht und verwirrt.

»Mit dem Ventil?«

»Ja, das wird es ein.«

Irgend etwas sagte mir, daß es nicht das Ventil war, aber das Wort »Hahn« fiel mir nicht ein, sofern das die richtige Bezeichnung war. Ich hatte versucht, die Gasflasche zu wechseln, unter der Spüle stand eine volle, doch es wollte mir nicht gelingen, sie aufzudrehen und an den Schlauch des Herdes anzuschließen. Die Flasche, die ich bei meiner Ankunft vorgefunden hatte, war seit zwei Tagen leer.

»Wenn Sie möchten, schaue ich mal vorbei und sehe mir das an.«

»Das wäre sehr nett, ja, ich habe es nämlich schon mit einem … na, mit so einem Schlüssel habe ich es versucht … aber ich hatte nicht genug Kraft. Ich glaube, die … der Verschluß, also das Ventil klemmt wahrscheinlich.«

Ich redete wie eine Schwachsinnige. Was war mit mir los? Warum hatte dieser Typ so eine Wirkung auf mich? In seiner Nähe war ich völlig unzurechnungsfähig, als hätte mir jemand eins übergezogen. Ich war nicht in der Lage, drei vollständige Sätze zu bilden. Ich versuchte mich zu beruhigen. Schließlich konnte ich ihm doch vertrauen.

»Ich warte auf meine Tochter. Sie soll auch bald herkommen.«

»Sie haben eine Tochter? Wie alt ist sie denn?«

»Fünf. Im Moment ist sie in Paris. Ich habe meinen Mann verloren, das ist alles ein bißchen kompliziert, jedenfalls kann ich sie jetzt noch nicht herholen. Hoffentlich klappt es vor Weihnachten.«

»Wie kommt es, daß Sie kein Auto haben?«

»Ich hatte nie eins. Ich habe keinen ...«

Wieder ein Wort, das mir entfallen war. Ich sah ihn seufzend an. Er mußte mich für verrückt oder bescheuert halten.

»Sie haben keinen Führerschein?«

»Nein.«

Plötzlich packte mich ein unerklärlicher Lachanfall. Auch er begann zu lachen, und wir prusteten um die Wette. Die wenigen Cafégäste drehten sich nach uns um, ich konnte gar nicht wieder aufhören, und je mehr ich lachte, desto lauter grölte auch er, ich hätte genausogut heulen können, meine Situation war nicht im geringsten komisch, höchstens absurd, unglaublich absurd.

»Was machen Sie beruflich?« fragte er mich, als wir zu lachen aufgehört hatten und etwas benommen nach Luft schnappten.

Ich konnte ihm nicht sagen, daß ich Gedichte schrieb, das stimmte nicht mehr. Auch nicht, daß ich Villon und Rabelais, Clément Marot, Philippe de Commynes und Marguerite d'Angoulême studiert hatte.

»Ich bin ...«

Ich wollte Professorin sagen, aber Lehrerin kam mir als erstes in den Sinn, die beiden Wörter kollidierten miteinander, und gerade als ich den Mund aufmachen wollte, kam »Lessorin« dabei heraus. Ich schwieg im letzten Moment und schüttelte den Kopf.

»Nichts. Ich arbeite im Moment nicht.«

»Kommen Sie mich doch mal auf meinem Gut besuchen, ich habe Arbeit für zwölf. Wenn Sie in Saint-Loup vor dem Friedhof stehen, müssen Sie rechts die kleine Straße runter, am Weinberg entlang. Das Haus ist keine dreihundert Meter entfernt. Ich muß jetzt übrigens los. Ich setze Sie zu Hause ab, dann kann ich gleich mal nach der Gasflasche sehen.«

Und bevor ich etwas einwenden konnte, standen wir schon draußen, wo es scheußlich grau war. Ich holte mein Fahrrad vom Marktplatz, er hob es hoch wie eine Feder und verstaute es hinten in seinem Wagen. Auf dem Weg unterhielten wir uns. Immer wieder fehlte mir ein Wort, so daß unser Gespräch etwas abgehackt und zum Teil sehr komisch verlief.

Noch am selben Abend machte ich ein kleines Experiment. Beim Abwaschen rutschte mir eine Salatschüssel aus der Hand und zerbrach im Spülbecken. Als ich die Scherben einsammelte, fiel mir auf, daß ich den Namen dieses Geschirrteils nicht mehr wußte. Schale fiel mir ein, Topf oder auch tiefer Teller, aber keines dieser Wörter bezeichnete die Salatschüssel. Ich öffnete den Geschirrschrank im Wohnzimmer und versuchte, den Inhalt laut zu benennen: Kelche, Stielgläser, Bierhumpen, ..., Tassen, Untertassen, Teekanne, Milchkanne, ..., Zuckerdose, Teller, Servierplatten, ..., Vase, Karaffe, Auflaufformen. Auf jedem Regalboden stand mindestens ein Gegenstand, dessen Namen ich vergessen hatte. In der Küche ging ich auf dieselbe Art vor und war bei mindestens drei oder vier Lebensmitteln nicht in der Lage, sie zu bezeichnen.

Seltsamerweise waren die geläufigsten Wörter aus meinem Gedächtnis verschwunden, nicht nur die Bezeichnungen von Sachen, die ich nicht mehr benutzte oder nicht mehr aß. Ich erinnerte mich an Haselnuß, aber nicht an Walnuß, übrigens auch nicht an Nußknacker. Als ich am nächsten Tag in die Werkstatt ging, in der ich mich in letzter Zeit nicht oft aufgehalten hatte (dort herrschte eine Eiseskälte), wurde mir das ganze Ausmaß des Problems deutlich. Ich hatte die Namen einer Reihe von Werkzeugen vergessen, zum Beispiel Spaten, Schraubenzieher oder auch Zange. Andererseits erinnerte ich mich an Hacke und Schraubzwinge.

Im ersten Moment war ich erleichtert, daß es nicht nur am Winzer lag. Als mir klar wurde, was mit mir los war, mußte ich darüber lachen. Da ich mit niemandem mehr sprach, verblaßten nach und nach die Wörter in meinem Gedächtnis. Ich vergaß die Wörter ... In Paris hatte ich viele Obdachlose gesehen, die Selbstgespräche führten. Die meisten redeten unverständliches Zeug, ihre Gedanken quollen förmlich aus ihnen heraus und gerieten um so irrsinniger, je mehr sie sich gehen ließen. In den ersten Tagen meines Daseins auf der Straße war ich einem von ihnen begegnet. Er stand vor einer Bank auf einem kleinen Platz mit Sophoren, die ihre Blätter verloren, und beschimpfte einen imaginären Widersacher. Dabei verbeugte er sich mit raschen, abgehackten Bewegungen. Er war leicht bucklig, und wenn er seinen Oberkörper neigte, thronte sein Buckel auf dem hageren Rücken wie eine Kuppel. Er machte seinem Groll in einer Serie von Unsinnigkeiten Luft, die er mit einem seltsamen südfranzösischen Akzent ausstieß. Sein Leiden war schrecklich anzusehen, er redete von der Oper – vielleicht meinte er auch den Platz der Oper – und anderes unbegreifliches Zeug, man verstand nur die Schimpfwörter von seinem Gefasel, dabei gestikulierte er wie ein Geisteskranker und war nicht in der Lage, seinem Wahn ein Ende zu setzen. An jenem Tag schwor ich mir, daß ich mich nie so weit gehen lassen würde, mit mir selbst zu sprechen, das führte unweigerlich in den Wahnsinn, obwohl es mir damals unmöglich schien, jemals den Grad geistigen Verfalls zu erreichen, unter dem dieser arme Kerl litt.

Von nun an achtete ich sorgfältig darauf, die vielen Worte, die mir ununterbrochen in den Sinn kamen und die ohnehin niemand hören wollte, nicht laut auszusprechen. Ich mußte mich nicht sehr anstrengen, schon gar nicht in La Varenne. Der einzige Mensch, den ich fast täglich sah, war die Bäckerin in Saint-Loup, eine kleine pummelige Frau mit rotem Strubbelkopf, die immer etwas mürrisch und frustriert wirkte. Sie sah ihren Kunden in die Augen, als wollte sie sagen: »Was wollt ihr denn schon wieder von mir? Wie lange wollt ihr mir noch auf die Nerven gehen?« Vielleicht träumte sie von einem glanzvolleren Leben und kam nicht damit zurecht, einen so mittelmäßigen Beruf auszuüben. Ich hätte mich gern mit ihr unterhalten, doch sie machte keinerlei Anstalten, mich anzusprechen. Nachbarn hatte ich keine, und das nächste Bistro war zwei Kilometer entfernt. Auch auf meinen Wanderungen war ich nie einer Menschenseele begegnet.

Da es weit und breit niemanden gab, mit dem ich hätte reden können, schwieg ich. In der Stadt leidet man, wenn man sich nicht mitteilen kann. Auf dem verlassenen Land ist das anders. Hier fühlt man sich eher wie ein Mensch unter vielen, die nichts sagen oder deren Sprache man nicht versteht. Im Wald pfiff ich oft vor mich hin, antwortete dem Trillern der Vögel oder imitierte das Quaken der Frösche. Auch die Eule machte ich nach, sogar den Fuchs mit seinem kurzen, heiseren Kläffen, das ganz rostig klingt. Aber ich redete nicht. Die Gedanken, die sich in meinem Kopf formten, kamen mir nicht über die Lippen, sie kreisten in meinem Mund umher, prallten an meinen Zähnen ab und traten dann wieder den Rückweg an, um sich in meinem Innern zu verirren, in geheimen, mysteriösen Tiefen, wo es nicht vieler Worte bedarf.

Um das Lamentieren kurzzuhalten und meine bittere Verzweiflung zu mildern, verbot ich mir jeden inneren Dialog, und zwar so sehr, daß nicht einmal mehr jene oberflächliche und vage Konversation in mir ablief, die man mehr oder weniger bewußt immer in sich trägt, unausgesprochenes Blabla, für die eigenen Ohren kaum hörbar, das aber das Substrat eines jeden Wortwechsels bildet, die Voraussetzung für jede Kontaktaufnahme über die Sprache. Und nun verließen mich die Wörter. Ich konnte es nicht fassen ... Im übrigen hielt ich das auch für eine physiologische Störung, einen Mangel an Magnesium, Zink oder einem anderen Mineral, das unser Körper nur in minimalen, aber dennoch unverzichtbaren Mengen braucht. Ich aß ziemlich schlecht und undiszipliniert, bestimmt fehlte mir irgend etwas.

17

Ich ging erneut auf den Dachboden. In Keksdosen aus Blech stieß ich auf Hunderte Schwarzweißfotos, kleinformatig und mit gezacktem Rand, auf denen alle möglichen Leute zu sehen waren, meist in einer Gruppe, zu zweit oder zu dritt, selten allein. Die Bilder waren fast nie beschriftet, trugen weder ein Datum noch einen Namen. Ich fand wieder ein paar Aufnahmen, auf denen ich Philippe erkannte, wie er mit anderen Kindern spielte – seinen Cousins? –, während eines Familienessens am Tisch saß oder in den Zweigen eines Kirschbaums voller Früchte hockte. Ich hatte ihn melancholisch und schwermütig kennengelernt, und nun sah ich einen unbeschwerten, fröhlichen Jungen, einen Spaßvogel mit Schalk in den Augen, der gerne lachte. Manchmal glaubte ich Nisa zu sehen.

Ich sortierte den Inhalt der Koffer und Truhen. Ich hatte sie nur kurz geöffnet und entdeckt, daß sie

Haushaltswäsche und Kleidung enthielten, weiter war ich nicht gekommen, und bestimmt hätte ich sie gar nicht angefaßt, wäre ich nicht über die Briefe in das Herz dieser Familie eingedrungen und an einen Punkt der Rührung gelangt, wo eine Bestandsaufnahme fällig wurde, die unentwegt neue Fragen aufwarf. Was ich dort aus dem Schatten hervorholte, warf mich zurück auf meine Mittellosigkeit. Bald stapelten sich mit Monogrammen verzierte Leinenlaken auf dem Fußboden, bestickte Tischtücher, Leibchen und Unterröcke aus Spitze, Kleider aus Organza und Taft, die in naphtalingetränktes Seidenpapier eingeschlagen waren, Damenhüte und Kappen, Lederhandschuhe, Pumps und Stiefeletten, Anzüge, Negligés und Morgenröcke aus dicker Kaschmirwolle.

Die Garderobe aus einem anderen Jahrhundert präsentierte sich auf dem Dachboden wie eine vornehme Ahnengalerie. Während ich die Truhen nacheinander leerte, die Kittel aus schwarzem Etamin auseinanderfaltete, Panamas und Strohhüte aus ihren Schachteln hob, Tweedjacketts und Cocktailkleider mit weit schwingendem Rock lüftete, dachte ich unentwegt an meine elende Situation und daran, daß all diese Gegenstände ihren einstigen Status eingebüßt hatten. Der Konsumrausch hatte sie kurzlebig und vergänglich gemacht. Die Dinge, die dort vor meinen Augen ausgebreitet lagen, gehörten einem anderen Zeitalter an. Ich wußte nichts von ihrer Geschichte, und doch erzählten sie mir von den Männern und Frauen, die diese Kleider, das Geschirr, die Werkzeuge, die Alltagsgegenstände ebenso wie die Kostbarkeiten fast als Freunde betrachtet hatten, die man respektiert und gut behandelt. Die man nicht einfach ersetzen, austauschen oder wegwerfen kann.

Einige davon waren mir sehr nützlich, denn meine Kleidung hing nur noch in Fetzen herunter, meine Schuhe waren undicht, und ich besaß weder Mütze noch Handschuhe. Weil die Sachen, die ich ausgrub, völlig ungeeignet waren für das Leben, das ich führte, befürchtete ich schon, keinen Ersatz für meine Jacke zu finden, die an den Ärmeln aufgerissen war, und für meine einzige Hose, die sich vor lauter Flicken an manchen Stellen aufzulösen begann. Ein paar Herrensachen erfüllten den Zweck am Ende schließlich am besten.

Ich konnte mir kaum vorstellen, daß all diese Kleidung jemals hier in diesem einfachen Haus auf dem Land getragen worden war. Wahrscheinlich war sie zur Aufbewahrung aus der Stadt hertransportiert worden, weil dort die Schränke überquollen. Ich verstaute die Sachen wieder in den großen Lederkoffern, in denen ich sie gefunden hatte, die Kleider stapelte ich so behutsam wie möglich in die Kisten. Ich wollte sie wieder auspacken, wenn Nisa da war.

Manchmal kam ich mir vor wie Aschenputtel, das heimlich in den Schränken ihrer Stiefschwestern herumschnüffelt. Was mich am meisten irritierte, war, daß zwischen dem Luxus, der sich erahnen ließ (und den ich in der Zeit meiner frühen Jugend selber kennenlernen durfte), und dem ärmlichen Leben, das ich inzwischen führte, kaum ein Mittelmaß existierte. Als könnte schon die bloße Existenz von Geld nur Reiche und Arme hervorbringen, genau wie in den Märchen, wo sich niemals Personen aus der Mittelschicht begegnen. Der traurige Gedanke an dieses teuflische und manichäische System, das so hartnäckig entzweite, ausgliederte, Rivalität und Kampf hervorrief, spukte mir unentwegt durch den Kopf auf diesem stillen und kalten Dachboden, während der Dezember und seine düsteren Gesellen mit großen Schritten näher rückten.

Über den Umweg dieser Gegenstände, die andere als Zeugnisse ihrer Existenz hinterlassen hatten, folgte ich dort oben den Spuren meines eigenen früheren Lebens. Als ich die Koffer auspackte und die Briefe las, verlor ich ein zweites Mal, was ich zurückgelassen hatte. Ich wußte nichts von den Menschen, die den Dachboden vollgestellt hatten, doch ich spürte wohl, wie sinnlos ihre Aufbewahrungswut war, wie vergeblich ihr Erbe. Im Grunde war nichts weitergegeben, war keine Nachfolge angetreten worden, die Dinge blieben weggeschlossen und dem Staub und den Motten ausgeliefert, eifersüchtig gehütet für ein Morgen ohne Zukunft. Das Deprimierende an materiellen Gütern ist, daß sie mit ihrer stummen, massiven Präsenz den Raum ausfüllen und jeden Horizont versperren. Ihre bloße Konsistenz überdeckt alle anderen Güter, die unsichtbar sind und keine greifbare Realität besitzen.

Das verlockende Blendwerk der Dinge und der materiellen Güter war mir während meines Lebens auf der Straße deutlich geworden, so daß ich ermessen konnte, welchen Grad von Entfremdung die Konsumgesellschaft uns aufzwingt. Wenn man nichts mehr hat, kommt irgendwann der Moment, wo man alles, was man für selbstverständlich hielt, wohl oder übel mit anderen Augen sieht. Und es ist keineswegs der Wunsch nach diesen durchaus honorigen Dingen (ein Sofa, Urlaub in den Bergen, ein schönes Paar Schuhe, eine Luxusarmbanduhr, ein Auto), der diesen Sinneswandel bewirkt. Ganz im Gegenteil. Es ist die Ablehnung, die Verachtung, der Haß, den man plötzlich für all dies empfindet, für diese tote, seelenlose Materie, ihre Sinnlosigkeit, ihre Oberflächlichkeit und den unangemessenen Stellenwert, den sie in der ganzen Gruppe, in der Gesellschaft insgesamt genießt.

Mir wurde bald klar, was für eine Umwälzung mir bevorstand. Nicht nur in meinem Lebensstandard und durch die Veränderung, die ein unbekanntes Gesetz mir plötzlich auferlegte, sondern durch den umfassenden Wertewandel, den meine Verbannung nach sich zog. Es ging mir wie einem Gefangenen oder einem Schiffbrüchigen auf einer einsamen Insel.

In diesem Durcheinander toter Gegenstände dachte ich ohne Nostalgie an all das, was ich zurückgelassen hatte, an meine Sachen, meinen *Besitz*. Als ich die Wohnung verlassen mußte, hatte ich so lange ein- und wieder ausgepackt, daß ich am Ende beinah gar nichts mitgenommen hätte. Diese letzte Tyrannei der Dinge – ich konnte mich einfach nicht entscheiden – gab mir den Rest, doch ich war gezwungen, mich auf eine Auswahl festzulegen, die ich für lebenswichtig hielt. Wenn die Tür sich erst einmal hinter mir geschlossen hatte, konnte ich nicht mehr umkehren, weil mir etwas fehlte. Das machte mir die Entscheidung nicht leichter, für eine solche Reise hatte ich noch nie gepackt. Ich überlegte endlos hin und her, ob dieses oder jenes

Kleidungsstück, dieses Buch oder was auch immer mir von Nutzen sein könnten, bis mir schließlich gar nichts mehr absolut notwendig schien, ausgenommen all das, was mich mit der Gegenwart verband, die sich aufzulösen begann, wenn sie nicht gar schon versunken war: Fotos von Philippe und Nisa, belanglose Kleinigkeiten, die wir alle drei liebten, lächerliche Fragmente unseres unwiederbringlich verlorenen Glücks.

Obwohl ich mir beim Packen solche Mühe gegeben hatte, entpuppte sich die Tasche draußen auf der Straße als Last, wie in den Kriegsfilmen, wo Flüchtlinge und Gefangene auf dem Weg in den Tod ein schweres Bündel an ihren Leib pressen, das greifbare Relikt einer längst versunkenen Welt, letzter Ast, an den man sich klammert, wenn man alles verliert.

Nichts von dem, was mir fehlte, hätte man in einer Tasche verstauen können, und schon in den ersten Stunden sah ich ein, wie aussichtslos es war, ein normales Leben vortäuschen zu wollen. Ich war nicht auf Reisen, im Ausland, allein in einer fremden Stadt, ich war ein dem Schatten ausgelieferter Schatten, ein umherirrendes, armseliges Wesen, ein auf der häßlichen Kehrseite der Kulisse in Ungnade gefallener Abschaum. Ich war auf der anderen Seite gelandet, wo die materiellen Koordinaten der Existenz keine Gültigkeit mehr besaßen, in einem Bereich, wo andere physische Gesetze herrschten, wo das Wasser nicht mehr floß, weil es Schmutz und Staub anzog wie ein Magnet, wo man vom Regenwasser schmutzig und von der Hitze schweißnaß wurde, wo die Gerüche sich verdichteten, wo die gewohnten Regeln unter den Menschen nicht mehr galten.

Die einzige Frage, die in diesem brutalen Durcheinander immer wieder auftauchte wie ein Ohrwurm, ließ sich in zwei Worte fassen: Wie fliehen? Doch mit der materiellen Sicherheit waren auch die Antworten auf die Fragen entschwunden, kaum waren sie ausgesprochen, verflüchtigten sie sich auch schon, fielen in den bodenlosen Abgrund der absoluten Ungewißheit. Man kann nicht zurück durch den Spiegel.

18

Ich zog mich wärmer an und nahm meine Wanderungen wieder auf. Manchmal traf ich Tiere, ein Reh, einen Fuchs, einen Raubvogel, der sich auf einem Zaunmast niedergelassen hatte. Durch den Kontakt mit der unberührten Natur versuchte ich mich dem lebendigen Teil meiner selbst wieder anzunähern. Meine Gedanken kreisten nur um den Verlust, den endgültigen Verlust von Philippe, den vorübergehenden von Nisa, den der Schrift, der Menschheit ringsum, die sich scheinbar aufgelöst hatte, und schließlich um den der Sprache, ich stürzte in diesen schwindelerregenden Brunnen und fand nirgendwo Halt. Auf dem Land, mit hellwachen Sinnen, abgelenkt vom Gesang seltener Vögel, vom Geruch des Unterholzes, von der stechenden Kälte, dem weichen Boden unter den Schuhsohlen, der Rinde eines Stocks in meiner Hand, dem Geschmack eines Apfels, den ich am Straßenrand aufgelesen hatte, gelang es mir, das Gefühl der Vergänglichkeit und des Verfalls zu vertreiben, das sich über mein Leben gelegt hatte, wie nach einer Naturkatastrophe, einem Krieg oder einer Atombombe. Atomisiert, ja, genau das war ich, verstrahlt von der Druckwelle einer riesigen Erschütterung, die die bestehende Ordnung und die elementarsten Prinzipien gnadenlos zerstörte.

Ich war allein, die Menschen, die ich in der kleinen Nachbarstadt traf oder die ich in der Umgegend vermutete, waren mir völlig fremd. Nicht nur, daß mich nichts mit ihnen verband, es gab auch nichts, das uns hätte zusammenbringen können. Der prächtige Wald war immer noch menschenleer, niemand ging dort spazieren. Das Ackerland war in schlechtem Zustand, und die Leute, die es eigentlich bestellen sollten, verschandelten es, wenn sie es nicht gleich zerstörten. Was ich als großen Reichtum betrachtete – der Raum, die Natur, die Stille –, schien hier niemanden zu interessieren. Überall herrschte Gleichgültigkeit. Was war geschehen, daß die Welt, in der ich lebte, sich in ein großes übersättigtes Chaos verwandeln konnte, in einen absurden Marsch mit unbekanntem, vergeblichem und unseligem Ziel, das den Weg, der zu ihm führte, mit Zerstörung und Einsamkeit übersäte?

Hatte ich durch den Verlust von Philippe die Fähigkeit verloren, die Dinge anders zu sehen als in einem düsteren Licht, erschreckend und entmutigend? Die Menschen machten mir angst, sie schienen furchterregend, gefährlich und unergründlich. Ich schaffte es nicht, einen neuen Ort für mich zu finden, als hätte das Leben als Ausgeschlossene, als von der

Gruppe Verstoßene mich jeder Möglichkeit beraubt, in ihre Mitte zurückzukehren. Ich fühlte mich schuldig, doch ich wußte nicht warum. Ich versuchte mich an die ursprünglichen Tätigkeiten des Menschen zu klammern, wollte die grundlegenden Überlebensreflexe wiederentdecken, dank derer sich die Gattung Mensch behauptet und schließlich durchgesetzt hatte. Ich verbrachte meine Zeit im Garten, wie jemand, der unbedingt etwas bezwingen will, ein wenig schüchtern und distanziert, stur und unbeholfen.

Auf dem Dachboden hatte ich ein Handbuch für Gärtner gefunden und darin gelesen, daß man auch im Dezember draußen arbeiten konnte. Im Garten standen verschiedene Obstbäume, wahrscheinlich Apfel- und Birnbäume. Die meisten waren seit Jahren nicht geschnitten worden, und auf ihren Ästen wuchsen dikke Schichten Moos und Flechten. Ein paar bräunliche Blätter hier und da ließen darauf schließen, daß sie noch nicht abgestorben waren, aber bestimmt hatten sie lange keine Früchte mehr getragen. In dem Handbuch wurde beschrieben, wie man sie spritzte. Ich verstand, was ich las, und abgesehen von einigen Fachwörtern wie Anthracenöl, Zapfenschnitt und Phosphor-Kalium-Dünger konnte ich dem Text gut folgen und seinen Inhalt verstehen. Das beruhigte mich.

Ich nahm mir vor, die Apfel- und Birnbäume zu behandeln. Das war gar nicht so einfach, denn ich besaß nur ein altes kupfernes Spritzgerät mit löchrigem Rohr. Doch ich hatte mir in den Kopf gesetzt, die Bäume von den Parasiten zu befreien, ich war sicher, daß sie wieder reichlich Früchte tragen würden, also kletterte ich fest entschlossen auf die wackelige Leiter und spritzte jeden Ast zweimal gründlich ein, schleppte meine Gerätschaften zum nächsten Baum, fiel fast herunter, kriegte selber eine Salve ab, als der Wind plötzlich drehte und mir das Öl ins Gesicht wehte. Ich hatte keine Chance auszuweichen, ich war schon genug damit beschäftigt, nicht das Gleichgewicht zu verlieren.

Ich hätte gern die Obststräucher geschnitten – ich hatte Erdbeeren gesehen und war sicher, daß es in derselben Reihe auch Johannisbeeren gab –, doch sie waren zu einem so großen Busch zusammengewachsen, daß es unmöglich war, die verschiedenen Zweige zu trennen. Die Schnittarten, die das Handbuch beschrieb, waren allesamt ungeeignet für diesen Urwald, in den nicht einmal meine Hand einen Weg fand. Ich wußte nicht, wie ich die Ratschläge befolgen sollte, und brütete lange über jedem Satz. Am Ende kroch ich unter den Busch und schnitt nacheinander jeden einzelnen Ast auf zwanzig Zentimeter zurück. Ich vertraute darauf, daß die Pflanzen stark genug waren, eine derartige Radikalkur zu überstehen.

Ich schnitt auch die Rosensträucher, nicht ganz so kurz, aber ziemlich, denn die neuen Triebe überwucherten bereits große Teile des Gartens. Philippes Großmutter mußte sie sehr geliebt haben, denn es gab Unmengen und lauter verschiedene Arten, darauf ließ die unterschiedliche Form und Farbe der Blätter schließen. Mit der Zeit hatten sie sich gewaltig ausgebreitet und die Spaliere, an denen sie emporkletterten, längst verlassen. Ich versuchte die Anweisungen des Handbuchs zu befolgen, ich verlor mich ein bißchen in den Geschichten über schlafende Augen und Knoten, zunächst einmal war es wichtig, den verschlungenen Ranken das Gewicht zu nehmen und die dicksten Stiele freizuschneiden. Um die Form wollte ich mich später kümmern, im Frühling.

Ich schnitt die toten Äste ab und kürzte die längsten Zweige, ich stach mich oft, und manche der langen Ranken, die ich aus dem Knäuel zog, in dem sie gefangen waren, schlugen mir gegen den Hals oder ins Gesicht. Ich hatte das Gefühl zu kämpfen, wie bei meinem ersten Versuch, im Garten zu arbeiten, hatte den Eindruck eines Nahkampfs, eines Gefechts zwischen der Vegetation und mir.

Ich hatte ein paar milde, sonnige Tage ausgenutzt, nun zwang mich eine neue Kältewelle mit Frost zurück an den Kamin. Meine Hände waren zerkratzt, mein Rücken wie gerädert und meine Augen brannten, weil sie zuviel von dem chemischen Zeug abbekommen hatten. Der Garten war nicht leicht zu bezwingen, doch es gefiel mir, mich der Natur auf diese Weise zu nähern. Mein Versuch, in dieses kultivierte Gebiet einzudringen, das zwar lange Zeit sich selbst überlassen, aber doch domestiziert war, entsprang auch dem Wunsch nach einem Dialog mit anderen lebendigen Geschöpfen, und sei er noch so dürftig und begrenzt. Für ein paar Tage hatte ich nicht mehr an das Fliehen der Wörter gedacht, die Sprache des Gartens schien dem Vergessen zu widerstehen.

Als ich wieder auf den Dachboden stieg, war mir etwas mulmig, doch ich mußte das begonnene Werk vollenden und den Raum ein wenig gemütlicher machen. Ich hatte die Ecke links hinter der Luke, wo kein Licht hinfiel, noch nicht inspiziert. Dort wollte ich die Kisten und Koffer verstauen.

Meine Nachforschungen nahmen nun einen anderen Verlauf, ich begnügte mich nicht mehr damit, die Sachen nur kurz zu sichten und gleich wieder einzupacken. Ich versuchte ihnen einen Namen zu geben. Als ich anfing, auf dem Dachboden herumzustöbern und aufzuräumen, hatte ich nicht das Gefühl, die Namen und die Bezeichnungen der Gegenstände zu vermissen. Allerdings hatte ich gar nicht erst versucht, sie zu benennen, ich brauchte nicht auszusprechen, was ich in den Händen hielt, um zu wissen, daß es ein Nachttopf oder eine Lampe war. Nun nahm ich einen Block mit gelbem Papier und begann eine Liste der gefundenen Dinge: eine Kiste mit drei Wolldecken (eine blaue, eine beigefarbene, eine gelbe), zwei mit Daunen gefüllte Nackenrollen und zwei rechteckige Kopfkissen. Ein Koffer mit unvollständigen Herrenanzügen, weiße Hemden (4), Kragen (6), Krawatten (4). Eine Truhe mit zwölf Leinenlaken mit Monogramm (JC in roten Buchstaben unten rechts) und einfachem Saum sowie zehn Bettüchern mit durchbrochener Bordüre, manche festoniert. Ein mit den verschlungenen Buchstaben T und L besticktes Laken, umrahmt von Blumen und Blättern. Dazu passende Kissenbezüge. Zierdeckchen aus Spitze, gehäkelte Gardinen, mit Kreuzstichen verzierte Untersetzer für Vasen, Tischläufer …

Ich hörte bald damit auf. Ich hatte eine beängstigende Zahl von Wörtern vergessen, gut ein Viertel der Gegenstände, die ich sortierte, konnte ich nicht benennen. Ich hatte all diese vertrauten, alltäglichen Dinge angefaßt, umgeräumt, auseinandergerollt, zusammengefaltet und geordnet, ohne zu bemerken, daß ich den Faden verloren hatte, der sie an die Sprache band. Es mußte ein schleichender Prozeß gewesen sein. Ich konnte nicht glauben, daß ich durch das wenige Sprechen den Gebrauch der Sprache verlernt hatte. Es kommt vor, daß man wochenlang alleine ist, aber davon wird man noch lange nicht stumm. Einsame Forscher, Alpinisten oder Seefahrer sehen tagelang keine Menschenseele, trotzdem verlernen sie das Sprechen nicht.

War es möglich, daß sich das Verschwinden der Poesie auf das Wesen der Sprache selbst auswirkte? Ich holte die Schreibmaschine wieder hervor (wahrscheinlich dachte ich, die Buchstaben unter meinen Augen würden mir auf die Sprünge helfen) und versuchte, das Alphabet zusammenzustellen, einen Satz zu bilden, dann zwei. Einfache, elementare Dinge, Beschreibungen.

Der Himmel ist grau, die Wolken, es wird Nacht, der Birnbaum vor dem Haus, die Dächer der Scheune, der Horizont, das Feuer im Kamin, die Hand von Philippe, der Buchstabe X, warum, danke, ich habe Lust, vorhin, ein Café, Schuhe voller Schlamm, ich glaube nicht, ein Regenmantel, es tut weh, wenn man sich schneidet, ich möchte dich sehen, noch nicht, auf der Toilette ist es kalt, erklär mir das.

Ich verfügte also noch über ein gewisses Vokabular, die Wörter waren nicht alle verschwunden. Ich fuhr fort, doch in Wirklichkeit drehte ich mich im Kreis, ich schrieb immer dasselbe, wiederholte, was ich noch sagen konnte, klammerte mich an diese Übung, ohne zu merken, daß meine Rückeroberung des Vokabulars keinerlei Fortschritte machte, ganz im Gegenteil.

Du wirst sehen, welche Farbe hat dieser Teller, wie heißt Ihre Tochter, das Holz qualmt im Kamin, ein Stück Schokolade, das ist aber bedauerlich, wofür ist dieser Anschluß, ein blauer Fleck an der Wand, ich weiß nicht, ob das möglich ist, die Farbe von Tinte, genau, wir könnten gehen, sicher hat er es absichtlich getan, das ist nicht ganz dasselbe, ich glaube, sie hat nein gesagt, wir gehen nicht weit, willst du ein Ei?

Ich hatte einmal mit den Wörtern und durch die Wörter gelebt, nun gab ich ihnen freien Lauf, ließ sie los wie ein Fischer, der sein Netz ins Meer zurückwirft und dem lebendigen Wasser seinen silbrig glitzernden Fang schenkt. Die Wörter, die mich begleitet, mich mit ihrer stets neu erfundenen Musik gewiegt hatten, entrannen nun, verschwanden klammheimlich, lautlos, und diese ruhige Flucht auf leisen Sohlen war für mich barbarischer als jede brutale Entzweiung, sie traf mich wie ein undenkbarer Verrat, ein furchtbarer Schock. Es war, als würde man sein Blut aus unzähligen kleinen Wunden verlieren: Man merkt, wie das Leben einen stetig verläßt, ohne die Blutung stoppen zu können, man spürt den langsamen Schwindel, sieht hinter seinen Lidern blasse Sternchen aufblitzen, vor dem schwarzen Hintergrund der inneren Leere.

Es war, wie sterben.

19

Der August ging dahin, nach endlos langen Tagen, Gewittern und Momenten der Verzweiflung, in denen mich nur die Hoffnung, Nisa bald wiederzusehen, aufheitern konnte. Ich wußte, daß sie in ein Ferienlager gefahren war. Ich wartete. Ich wartete auf den September, auf das Ende des Sommers, auf die Rückkehr des Notars, den Wechsel der Jahreszeiten, ich hoffte auf etwas, das nicht kam und das ich nicht genau bestimmen konnte, in dem Zustand düsterer Betäubung, in dem ich durch die Gegend irrte, mal niedergeschlagen, mal fatalistisch, mein Schicksal als gegeben hinnehmend. Ich hatte nicht mehr Halt im Leben als ein Regentropfen auf dem Gefieder eines Vogels.

Die Metamorphose, die mein Leben erfaßt hatte, setzte mich derart außer Gefecht, daß ich nicht einmal mehr traurig sein konnte, so groß war das durch den Schock ausgelöste Erstaunen. In meiner Passivität hatte ich genügend Zeit, mich mit mir und meiner Situation zu beschäftigen und das ganze Ausmaß der Katastrophe zu betrachten. Und was ich sah, warf mich endgültig aus der Bahn.

Was ich einst für selbstverständlich gehalten und als sicheres Fundament, als Basis meines Lebens empfunden hatte, bereitete mir nun den größten Kummer. Und umgekehrt war alles, was in meinen Augen die größte Bedeutung besessen hatte, einfach verschwunden. Zu diesem Zeitpunkt wäre es noch möglich gewesen, das Ruder herumzureißen, die letzten Freunde um Hilfe zu bitten, wieder auf die Beine zu kommen, mir Arbeit zu suchen. Doch irgend etwas hinderte mich daran. Eine Apathie, eine Mischung aus Bestürzung und Resignation drückte mich nieder, in größter Not. Es war weit mehr als der Verlust eines geliebten Menschen. Ich kann es nicht anders erklären als mit dem dringenden Bedürfnis nach radikaler Veränderung, obwohl es seltsam scheinen mag, so tief fallen zu wollen.

Der Herbst näherte sich mit großen Schritten, mit seinen Sturmböen und Wolkenmassen, die Stadt war dreckig, verschmutzt, abweisend und aggressiv, als wollten die Leute sich nach der Rückkehr aus den Ferien dafür rächen, daß die große Mühle wieder begann, sie von den sonnigen Stränden, den weichen Hügeln und den sanften Bachufern fortriß. Ich vermißte die Unbekümmertheit der Sommermonate. Inzwischen hatte ich mich fast von meinem gesamten Hab und Gut getrennt und mein Gepäck auf das Wichtigste reduziert, einen kleinen Rucksack aus Kunststoff, in dem ich die wenigen Dinge aufbewahrte, die ich jeden Tag benutzte. Alles andere hatte ich hinter mir gelassen.

So kam ich besser von der Stelle, und da ich auch nicht mehr nach einem dauerhaften, ständigen Unterschlupf suchte, begann ich den mir zugeteilten Raum, den mächtigen Raum der ganzen Stadt abzuschreiten. Ich war viel unterwegs. Zwischen den Streifzügen verbrachte ich die meiste Zeit auf einer Bank sitzend oder liegend. Oft schlief ich. Bequem ist das nicht, aber man gewöhnt sich daran. Ich hatte einen großen, sehr weiten Regenmantel, der sich für diesen Zweck gut eignete, es war nicht kalt, und ich verlebte zwei oder drei recht erholsame, fast angenehme Wochen ohne besondere Zwischenfälle.

Mir war noch etwas Geld für Brot und Käse geblieben, das Obst sammelte ich mir auf Märkten zusammen – Tag für Tag werden Unmengen davon weggeschmissen, die man noch sehr gut essen kann. Allmählich entwickelte ich einen Ernährungsplan, der mich ohne Ekel sättigte und einigermaßen ausgeglichen schien. Hin und wieder gönnte ich mir eine Suppe in einem Chinarestaurant des 19. Arrondissements. Ich wurde dort immer freundlich empfangen. Leider sprachen die Menschen, die mich dort bedienten, kein Französisch, oder nur so schlecht, daß an eine Unterhaltung nicht zu denken war. Wenn man draußen lebt, gibt es nichts Schöneres auf der Welt, als etwas Warmes zu essen. Die chinesischen Suppen haben mir Mut gemacht, wie niemand sonst es in diesen Monaten vermochte.

Ich lief also durch die Gegend und sah dem Treiben der Stadt von innen zu, wie ein Wurm in einer Frucht, eine Maus, die sich in ihrem Bau verkrochen hat, ich durchwanderte sie kreuz und quer und beobachtete die Bewegung, die Eile, das ständige Kommen und Gehen der Bewohner. Es war wie ein Schauspiel: Häuser wurden gebaut, andere renoviert, verputzt, sandgestrahlt, Gehwege wurden aufgerissen, zugeschüttet, asphaltiert, Bahnhöfe spuckten am Morgen zahllose Fahrgäste aus, um sie abends wieder zu verschlingen, auf den Straßen fuhren Autos und Lastwagen, Busse, Motorroller, Fahrräder, die Menschen und ihre Maschinen waren in Hochbetrieb, Männer in Arbeitsoveralls liefen vorbei, andere im Anzug oder in Uniform mit Hose und Jackett, Tausende unterschiedliche Menschen, Frauen, Kinder, Alte, Farbige, Inder, Araber, Chinesen, Griechen, Juden, Paare, Familien, Alleinstehende, Behinderte, Taubstumme, Weise, Ungebildete, ein Querschnitt der Bevölkerung, beansprucht durch Arbeit, Schule, Geschäfte und den Einkauf auf dem Markt, beschäftigt mit Besorgungen, Versammlungen, Wegen, verstrickt in Millionen verschiedener Schicksale, das faszinierte mich und versöhnte mich mit meiner Situation, denn auch ich gehörte irgendwie dazu, auch ich hatte meinen Platz in diesem Mahlstrom, Gehwege empfingen meine Schritte, Bänke trugen meinen Körper, Straßenmärkte gaben mir zu essen, Bäcker buken mein Brot, und sogar Laternen leuchteten mir in der Nacht. Auch ich konnte in dieser großen Stadt, die nun mein Zuhause war, leben.

Auf Bänken konnte ich irgendwann nicht mehr schlafen, sie waren meistens nicht überdacht, und das Wetter verschlechterte sich. Als es eine Woche lang ununterbrochen regnete, trieb es mich an geschütztere Orte. Eine Zeitlang hielt ich mich unter Eisenbahnbrücken auf, doch ich mochte das scheppernde Geräusch nicht, mit dem die Nahverkehrszüge unter lautem Rumpeln wie betrunken von einer Weiche zur nächsten schwanken, wenn sie Paris verlassen.

Die Stadt besitzt ein zweites Gesicht, das man gewöhnlich nicht sieht, erst wenn man auf der Straße lebt, lernt man es kennen. Unbebautes Gelände, Übergangszonen, oft an der Grenze unterschiedlicher Architekturstile, die Rückseiten von Baustellen, das Fundament großer Verkehrskreuze, der harte, seelenlose Untergrund der Stadt, der nackte Beton, ineinander verschlungene Straßen, Brüstungen, Strebepfeiler, Gerüste, das Brachland am Rande der Stadt, meist verwahrlost, doch zu manipuliert, um wieder ein Teil der Natur zu werden. Keine Orte, an die man sich freiwillig begibt oder wo man sich länger aufhält, man kommt eher zufällig dort vorbei. Aber sie eignen sich gut als Versteck. Häßlich und ruhig. In solchen Gegenden fand ich die *wohnlichsten* Ecken, obwohl es nicht gerade die sichersten waren.

Ich gewöhnte mich an die Häßlichkeit, wie ich mich an meinen eigenen Verfall gewöhnte. Doch ich konnte mich nie lange in diesen Randzonen aufhalten, die für die Stadt das sind, was die Clochards für die menschliche Gesellschaft sind, aussortierte, ausrangierte Ware. Ich hielt es dort nie lange aus, weil die Überlagerung beider Arten von Verstoßung, die des Menschen und die des von ihm vereinnahmten Territoriums, mir meine Einsamkeit noch deutlicher, noch unerträglicher machte. Keine Passanten, keine Geschäfte, kein Leben, das ist mehr, als ein Obdachloser verkraften kann, der vom normalen Umgang mit Gütern und Personen ohnehin ausgeschlossen ist.

Hin und wieder verbrachte ich eine Nacht oder einen regnerischen Tag hier, doch danach kehrte ich so schnell wie möglich zurück ins bewegte Treiben, in Straßen mit Häusern, Schulen und Läden, ich suchte Orte, an denen ich das Leben und die Gegenwart anderer spürte. Im düsteren Niemandsland an den Rändern der Stadt herrscht eine Atmosphäre wie am Tag nach einer Katastrophe, als würden von unserer Welt nur diese befremdlichen Konstruktionen überleben, riesig und monströs, die sich durch nichts eingliedern noch ausgliedern lassen. Man hat fast den Eindruck, in einem Zeitalter nach dem Menschen zu leben, und diese Zukunft, in der nur das Unbeseelte überdauert, der unzerstörbare Stahlbeton und die dicken Eisenträger der Schnellstraßen, ist unendlich trostlos. Sie verdeutlicht die Eitelkeit, den Stolz und die Maßlosigkeit der Menschheit, ohne daß man die geringste Spur einer Sprache des Herzens ausmachen könnte.

Ich blieb nie lange in diesen öden Gegenden, sie flößten mir eine Angst ein, die weit über die übliche Angst hinausging, die Nacht auf der Straße zu verbringen – ich hatte immer Angst, ebenso wie ich immer durstig und müde war –, eine Angst, die vielmehr der irrationalen Furcht ähnelte, die man als Kind vor Wölfen oder irgendwelchen in finsteren Winkeln verborgenen Gespenstern empfindet, die am Ende eines dunklen Flurs lauern oder hinter einem Vorhang. Abgesehen von der eintönigen grauen Kulisse dieser vergessenen, geächteten Zonen sah ich hier plötzlich den unheimlichen Schatten der Wahnsinnsmaschinerie, die die Menschen führt, drängt und hetzt wie eine panisch schnatternde Gänseschar und sie mit hartem und unerbittlichem Stock zu jenem Abgrund jagt, der sie verschlingen wird, während die Dummköpfe, von der Kraft, die sie dem Tod entgegentreibt, nur ein leicht beunruhigendes Zittern wahrnehmen, anregend genug, sich ihm leidenschaftlich hinzugeben, unentwegt plappernd und drängelnd, vor der Rute herlaufend, blind für das wahre Ziel ihres irrsinnigen Wettlaufs.

Verbannt an die abgelegenen Orte der Stadt verstand ich, daß die Mächtigen, die an den Hebeln dieser Maschinerie zu sitzen glauben, nicht länger überdauern würden als ich, und so wie mein Los mit dem ihren verknüpft war, folgte ihr Schicksal dem meinen, und wir würden gemeinsam untergehen, von unterschiedlichen Seiten desselben Felsens stürzen. Dieser Gedanke stimmte mich trauriger als alles andere, er erfüllte mich mit einem Gefühl äußerster Ohnmacht und ungeahnter Vergeblichkeit. In diesen Territorien, die für niemanden gedacht waren, die dafür bestimmt waren, sich dem Blick und der Anwesenheit zu entziehen, fiel ich so tief, daß ich glaubte, nicht mehr zurückzukehren. Ich mußte nur bleiben, wo ich war, mich vom Hunger und der Müdigkeit überwältigen lassen und auf die Erlösung warten.

20

Innerhalb weniger Tage verschlimmerte sich mein Zustand derart, daß ich kaum noch sprechen konnte. Wo im Geist gewöhnlich die Sprache sitzt, war bei mir inzwischen nur noch ein Loch. Es lag nicht an meinem Gedächtnis, vielmehr besaßen die Dinge einfach keinen Namen mehr, der dazugehörige Begriff war gänzlich versunken, ich konnte mir nicht einmal mehr vorstellen, daß er je existiert hatte. Ich wäre nicht in der Lage gewesen, ein einfaches Gespräch zu führen. Ich konzentrierte mich mit ganzer Kraft, und nachdem ich erfolglos versucht hatte, das, was ich sah, zu benennen, besann ich mich auf meine inneren Ressourcen. Ich kannte Hunderte von Versen auswendig, vielleicht würde die Poesie, wenn sie mich schon nicht mehr beehrte, mir einen letzten Dienst erweisen? Ich kramte in meinem Gedächtnis.

Fort ist er nun, ich aber bleibe,
An Wissen arm und an Verstand,
Bin traurig, mutlos, brombeerschwarz,
Hab weder Zins, noch Gut, noch Rente,
Und noch der Letzte meiner Sippe
Ist schnell zur Hand, mich zu verleugnen,
Die Pflicht vergessend der Natur,
Nur weil ein wenig Geld mir fehlt.

Die Verse kamen in Scharen, und schon während ich sie aufsagte, fragte ich mich: Was soll das alles heißen? Im Gegensatz zu den Dingen, deren Bezeichnung ich vergessen hatte, die ich aber manchmal richtig zu gebrauchen wußte, konnte ich an diese Wörter keinen Sinn mehr knüpfen, keine Vorstellung, keine Verbindung zu irgendeiner Realität. Die Sprache des 15. Jahrhunderts war mir einmal ebenso vertraut gewesen wie meine Alltagssprache, doch nun mußte ich sie während des Artikulierens erst wieder mühsam neu entdecken. Das steigerte meine Verwirrung, gleichzeitig machte allein die Tatsache, daß diese Verse sich mir eingeprägt hatten, sie mir teuer und wertvoll, und mochten sie noch so fremd klingen.

Schmach haben Lieb' und Tod mir angetan:
Liebe tat mich in ihren Bann,
Und Tod, um dieses Leid zu mehren,
Schlug, fern von mir, auf fremder Erde,
Ihn, der mir nah, das Herz durchdrang.

Ach Liebe! Dieser prächtige Mann
Hat dir gedient im Jugendglanz –

Dafür gibst du ihm wenig Ehre;
Läßt zu, das Krieg, der All-Verheerer,
Sie mordet, die dir untertan.

Doch ist's dem Herzen wohlgetan,
Daß dieser edle Leib fortan
Fernen Gestaden soll gehören;
Mein Weh müßt sich in Wahnsinn kehren,
Wenn tot ihn diese Augen sahn.

Ich ließ nicht locker. Ab und zu fand ich den Sinn wieder, sogar den Doppelsinn bestimmter Verse, die ich analysiert und bis ins kleinste auseinandergenommen hatte, so gründlich, daß ich die Interpretation, die jeweilige Bedeutung behalten hatte wie ein Licht, das einem in schwarzer Nacht das Lieblingsbuch erhellt.

Ist nicht mein Herr, mein Bischof nicht,
Gab mir kein Lehen außer Brache;
Schuld keine Treu ihm, keinen Eid,
Bin nicht sein Diener, nicht sein Reh.

Diese Vier- und Fünfzeiler hatte ich wieder und wieder zerlegt, das Gedichtmaterial so gründlich auf den Kopf gestellt, daß ich die kleinsten Schnörkel kannte. Doch ich bewegte mich darin wie auf einer Straße, die man schon unzählige Male gegangen ist, nur geführt von den eigenen Beinen und dem bloßen Reflex des Laufens. Wenn der Geist weiß, daß er sich auf einem Automatismus des Körpers ausruhen darf, der den physischen Part übernimmt, machen die Füße die

Arbeit, der Kopf ist ganz woanders. Details in der Gegend ringsum nimmt man nicht wahr, man wirft keinen Blick mehr nach rechts oder links, man geht einfach vorbei, verblendet von der Gewohnheit, gefangen von etwas anderem.

Da ich jede Vertrautheit mit dem, was mir früher ganz nah war, verloren hatte, begann ich mir Sorgen über die Zuverlässigkeit meines Gedächtnisses zu machen. Was mir wieder einfiel, war teilweise von so verblüffender Phantasie, daß mich der Zweifel packte. Und wenn all dies nur Trugbilder meines kranken Hirns waren?

Schrubbt die alten Eisen munter,
Blank den kunterbunten Plunder,
Rauf und runter, Prasser, Fresser,
Bubenpack und Luderjunker,
Diebsbagage, Dunkelmunkler,
Molch- und Lurch- und Krötenesser,
Krätzige Schwätzer, sumpfige Wässer,
Plumpe krumme trunkne Unken,
Böse Stößel, Bettenpresser,
Dumpfe Schlumpfer, Lumpenzunftler,
Schleift sie scharf, die langen Messer!

Es fühlte sich an, als spräche ich eine andere Sprache mit einer wiegenden Melodie. Wenn Poesie ihren Sinn einbüßt, bleibt purer Klang, Phrasierung, Rhythmus. Ich hoffte, im Bogen eines Satzes wieder ein Bild, eine Wortgruppe zu entdecken, die etwas bedeuteten, doch das Rezitieren gab nicht mehr her als einen endlosen Faden, der aus meinem Mund kam, so deplaziert wie eine Kröte oder eine Rose im Mund einer Hexe oder Fee.

Manchmal ließ ich mich vom Klang führen:

So höre, harter Mann, dein Arm, er halte ein!
Was du zu Boden wirfst, es ist nicht Holz allein:
Kannst du das Blut nicht sehen,
Das unaufhaltsam quillt,
Aus rauher Rinde, die der Nymphe Leib verhüllt?

Ich hörte »harter Mann« und dachte an den gerodeten Wald und die abgehackten jungen Bäume. Die Nymphe erzählte mir von Nisa, und die rauhe Rinde weckte die Erinnerung an die Blasen und Kratzer in meinen Handflächen. Doch das sporadische Aufflackern meines Gedächtnisses ermöglichte es mir nicht, gleich auf Anhieb den ganzen Text zu verstehen. Ich erkannte einzelne Wörter, die jedoch isoliert und an unpassender Stelle hervorragten, und ihr plötzliches Erscheinen – ich sagte sie immer wieder, in der Hoffnung, sie auf diese Weise länger zu behalten – hinterließ einen unendlich bitteren Nachgeschmack.

Ich leb, ich sterb; ich brenn und ich ertrinke,
Ich dulde Glut und bin doch wie im Eise;
Mein Leben übertreibt die harte Weise
Und die verwöhnende und mischt das Linke
Mir mit dem Rechten, Tränen und Gelächter.
Ganz im Vergnügen find ich Stellen Leides,
Was ich besitz, geht hin und wird doch ächter:
Ich dörr in einem, und ich grüne, beides.

Ich spielte mit dem Gedanken, den Winzer zu besuchen, doch ich verwarf ihn bald wieder, wie sollte ich ihm erklären, was mit mir los war, allein die Vorstellung, jemandem gegenüberzustehen, erfüllte mich mit Panik. Andererseits konnte ich die Umgangssprache auch nicht durch Gedichte aus dem 16. Jahrhundert ersetzen.

Ein Kummer, der mich traf,
Zeugt tausend Kummer-Plagen;
Da ich mir helfen will, stürz ich in Angst und Not;
Unendliche Gewalt des Leids, das mich umwogt,
Reißt mich jetzt mit sich fort – ich fühls,
Und kanns nicht sagen.

Ich war mir nicht einmal mehr sicher, ob ich die Antworten meines Gesprächspartners verstehen würde. Ich war so unrettbar in lexikalischer Abstraktion versunken – das zu schreiben, läßt mich schmunzeln, nachdem ich unfähig war, Wörter zu finden wie Gewürzgurke, Nadel und Tisch, ja Tisch! –, daß ich mich nur noch im Kreise drehte. Ich wanderte im Haus von einem Ort zum anderen und zurück, ich meinte etwas zu suchen, doch das einzige, was ich suchte, war natürlich mein verlorenes Sprachvermögen.

Ich konnte nicht begreifen, was mit mir los war, ich hatte das Gefühl, immer weiter in ein tiefes Loch zu stürzen, wie in diesen seltsamen Träumen, die leichte Übelkeit und ein Zittern in den Füßen bewirken, als hätte man eine Stufe verpaßt und für einen Augenblick die Leere über dem Abgrund berührt. Dieser kurze Schwindel überkam mich jeden Tag ein dutzendmal und war sehr ermüdend. Da ich mit niemandem sprach, waren die Wörter aus meinem Innern entwichen. Ich hatte es für das schlimmste Unglück gehalten, Philippe zu verlieren und unsere Tochter allein zurückzulassen, ich war verzweifelt darüber, auf der Straße zu landen, doch mein größtes Elend begriff ich erst durch diese neue Prüfung, die mich völlig unvorbereitet traf, denn man denkt keine Sekunde darüber nach, daß man so etwas Urpersönliches wie seine eigene Sprache verlieren könnte. Geliebte Menschen, Geld, materielle Güter, all dies sind äußerliche Dinge, deren Verlust denkbar ist, aber die Worte und die Sprache sind ein fester Teil von uns, man kann sie uns nicht nehmen.

Durch irgendeinen außergewöhnlichen Umstand waren sie mir dennoch abhanden gekommen. Ich suchte sie, aber ich wußte nicht einmal mehr, ob der Gegenstand oder die Pflanze, die ich vor mir sah, überhaupt einen Namen hatten und ob es wichtig war, ihn zu finden. Dieses geistige Debakel war äußerst beklemmend und jagte mir große Angst ein. In einem letzten Ausbruch von Empörung und Ohnmacht zwang ich mich, die Verse, die an die Oberfläche gelangten, laut vor mich hin zu stammeln, ohne zu wissen, ob ich rezitierte oder selber dichtete.

Mach Reime, spotte, zimbel, flöte
Wie Possenspieler, ohne Ehr';
Reiß Späße, zaubre und verschwinde;
Führ auf in Dörfern und Gemeinden
Moralitäten, Farcen, Spiele;
Gewinn beim Treschak, Hasard, Kegeln –

Doch alles landet, hört gut zu,
In Kneipen und im Freudenhaus.

Bislang hatte ich alles ausgehalten, die Erniedrigung, die Trauer, die Armut, den Schmutz, die Einsamkeit. Auch in Momenten äußerster Niedergeschlagenheit und Verzweiflung hatte ich nicht kapituliert. Doch dieser Schlag warf mich völlig nieder. Er raubte mir jeden Elan, jede Kraft, den mühsamen, steinigen Weg weiterzugehen, dem ich seit Monaten folgte. Diesmal würde ich aufgeben. Ich nahm kaum noch etwas zu mir und verschlief fast den ganzen Tag, ich hatte genug. Das Jahr ging zu Ende, die Tage waren mild und hell. Weihnachten mußte schon vorbei sein. Wenn ich wach war, lag ich draußen im Garten unter einer alten Decke, sah die Wolken vorüberjagen und versuchte ihren bizarren Formen einen Namen zu geben.

Euch, lüftigen Gesellen,
Die ihr auf flüchtig schnellen,
Gelinden Flügeln schwingt,
Mit scharf und hellem Zischen
Zu sanftem Schwanken zwischen
Des Laubes Schatten dringt,

Euch biet ich diese Veiglein,
Die Lilien, Blütenzweiglein
Und diese Rosen hier,
Die wangenroten Rosen,
Die frisch erblühten losen,
Und dieser Näglein Zier.

Haucht sänftiglich und milde,
Weht über dies Gefilde,
Weht über diesem Land,
Indessen ich hier ringe
Und meine Körner schwinge
Im heißen Mittagsbrand.

In der Abenddämmerung konnte es mir passieren, daß ich mit geöffneten Augen einschlief, den Blick auf die Sterne gerichtet, die nacheinander aufleuchteten. Wenn ich wieder erwachte, hatte die Nacht begonnen, meine Glieder waren steif von der Kälte, meine Kleider klamm vom Tau, und ich schleppte mich mühsam zurück ins Haus, verstört und bedrückt. Ich glich einem alten, ausgesetzten Tier, das auf seinen Tod wartet, ganz benommen vor Schmerz und doch um seinen Schmerz nicht wissend.

21

Von allen Monaten ist der September gewiß der poetischste. Im Wandel der Jahreszeit, der sich schon in den ersten Tagen des Monats vollzieht, entstehen ungestüme Turbulenzen und eine intensive Melancholie, die sich vortrefflich mit der Musik der Verse vereinen. Was der August in stickiger Hitze erstarren ließ, löst der September in Luft auf. Mit der Bewegung, dem Temperament, dem heftigen Farbwechsel kündigen sich auch Leidenschaft und Unvernunft, Qual und Euphorie wieder an. All dies entging mir nicht, obwohl ich nicht mehr schrieb, und daß die Stimmung des Herbstbeginns mich manchmal so bewegte, ließ vermuten, daß der mysteriöse Ursprung, die lebendige Quelle der Poesie weiterhin in mir schlummerte.

Ich schrieb nicht mehr, aber ich war immer noch Dichterin. Mein Kummer hatte jedes Aufkeimen der Inspiration weit ins Innere zurückgedrängt, doch ich spürte, daß sie sich tief in meinem Wesen verbarg. Die lange Trauerarbeit nahm mich noch immer völlig in Anspruch, doch ich begann Philippes Tod zu akzeptieren. Was mir wochenlang unmöglich schien – ohne ihn weiterzuleben –, konnte ich mir inzwischen vorstellen. Aber ich war immer noch nicht in der Lage, mich zu konzentrieren, mich für etwas zu interessieren, was nichts mit dieser langwierigen, minutiösen Instandsetzung meiner Seele zu tun hatte. Ich konnte nicht schreiben, ich wollte es nicht einmal. Dennoch sah ich die Welt mit den Augen einer Dichterin, und ich vermochte den flüchtigen, leichten Hauch der Inspiration immer noch wahrzunehmen, wenn er sich zeigte, oder mich einem Gefühl hinzugeben, das mich früher vielleicht zu einem Gedicht angeregt hätte.

Man kann Schriftsteller sein, ohne zu schreiben, und Dichterin, ohne zu dichten. Das ist ein Zustand, keine Funktion oder Tätigkeit, und ein Beruf schon gar nicht. Eine Lebensweise, eine Haltung, ein Blick. Ich stand auf den Brücken und sah den wunderbaren Himmel, das außergewöhnliche Licht über dem Pariser Becken, die sanften Farben der Stadt am Ende des Sommers, die ungewöhnliche Orangefärbung des Nachthimmels, ich atmete den metallischen Geruch des frühen Morgengrauens, meine Brust schwoll an in einem Gefühl der Euphorie, wenn ich erwachte, wenn ich nach einer langen Nacht wieder zu mir kam und den Kummer allmählich abstreifte wie ein klebriges Gewand. Ich war erfüllt von Empfindungen und Gedanken, die mich mein Leben in der Gosse eine Zeitlang vergessen ließen, ich nahm den Faden des stetigen Wiederkäuens der Schöpfung auf, wo alles in die Mühle strömt, sich unter das Wasser mischt, das weiterfließt, alles mit sich trägt und fortschwemmt.

Das hielt mich am Leben, als ich drauf und dran war, mich zu verlieren. Mehr noch als der Gedanke an Nisa. Mutter zu sein, machte mich glücklich, aber meine eigentliche Kraft zog ich aus der Poesie. Sie war mein innerer Kern, mein Gerüst, Nisa trat nachträglich hinzu, aber nicht zwischen die Poesie und mich. Das Schreiben war für mich eine zweite Haut. Nisa war ein eigenständiges Wesen, sie war mein Kind, aber sie gehörte mir nicht, sie lebte durch sich selbst, nicht nur durch mich. Sie fehlte mir, aber sie verursachte nicht den inneren Aufruhr, in den mein Dichterdasein mich stürzte, das mich auf so subtile, kaum erklärbare Art prägte und das ich in mir spürte wie einen namenlosen Reflex.

Um die Tagundnachtgleiche herum war es sehr windig, es stürmte, und heftiger Regen trommelte nieder. Ich hatte Schwierigkeiten, einen Unterschlupf zu finden, der Wind erschöpfte mich. Ich stürzte unentwegt. Meine Beine gaben einfach nach, ich ging ganz normal, und auf einmal fiel ich zu Boden, landete auf den Knien oder auf dem Po, und meine Sachen lagen ringsum verstreut. Das passierte zehn-, fünfzehnmal am Tag. Halluzinationen, leuchtende Punkte, das Gefühl zu fallen, das Gleichgewicht zu verlieren, ich hielt das für die Folgen des Hungers, ich war am Ende meiner Kräfte.

Schließlich schlief ich hinter einem Lattenzaun, der den Zugang zu einer Baustelle in einer Grünanlage versperrte. Ich hatte mich am frühen Nachmittag hineingeschlichen, um an den Wächtern vorbeizukommen. Zum Glück ruhten die Bauarbeiten, so konnte ich den ganzen restlichen Tag, die Nacht und noch den folgenden Tag und die folgende Nacht dort verbringen. Es war das erste Mal, das ich zwei Tage lang ungestört schlief – zu diesem Zeitpunkt hatte ich längst aufgehört zu zählen, nicht daß ich es nicht mehr wollte, mein Geist kam einfach nicht mehr mit, mein Gedächtnis ließ nach, ich verzählte mich ständig, also ließ ich es ganz.

Als ich am ersten Tag erwachte, war es hellichter Tag, die Amseln zwitscherten, und ich hörte Kindergeschrei. Wie spät mochte es wohl sein, neun oder zehn? Im Herbstlicht leuchteten die Blumenbeete in kräftigem Grün, der blaue Himmel wirkte wie gemalt. Ich war so ausgeruht, so entspannt, ich fühlte mich wie neugeboren nach Wochen des Dahinsiechens. Ich verschlief noch einen Teil des Tages, tauchte in den Schlaf, wie man sich in warmes Wasser gleiten läßt, im Schutz der Bretter, vom Park abgetrennt durch einen einfachen Zaun, ich rührte mich nicht, ich döste, eingelullt vom Rieseln der Rasensprenger und dem hellen süßen Klang der Kinderstimmen, die von der anderen Seite zu mir herüberdrangen. Ich wachte nur kurz auf, um gleich darauf um so tiefer wieder einzuschlafen und das Glück auszukosten, mich in die unbewußten Sphären des Schlafes fallen zu lassen.

Als die Parktore am Ende des zweiten Tages geschlossen und die Wächter fort waren, wusch ich mich bei Einbruch der Nacht in einem der Brunnen. Unter dem kalten Wasser zogen sich meine Muskeln zusammen, ich hatte mich komplett ausgezogen und rieb meinen ganzen Körper mit der flachen Hand ab, so lange, bis der Dreck verschwand, die Krusten sich lösten und die Haut sich unter meinen Fingern wieder weich und glatt anfühlte. Ich hatte abgenommen.

Mehrere Tage fest an einem Ort zu bleiben, mitten in einem Park, der von allen möglichen Leuten besucht wurde – von Müttern, Kindern, Liebespaaren, Schülern, Rentnern, Kindermädchen, Spaziergängern, Sportlern, Lesern –, gab mir das Gefühl, wieder in die Welt zu treten, mich ihr nach Tagen des Exils wieder anzunähern. Und die anderen Menschen fehlten mir mit einem Mal so sehr, daß ich am liebsten jemanden angesprochen, mit den kleinen Mädchen geplaudert hätte, mich den adretten Omas mit ihrem lilafarbenen, zu einer glatten Muschel frisierten Haar angeschlossen hätte, die in einer Reihe auf der Bank in der Sonne saßen, oder mich auf der gepflegten Wiese zu den Grüppchen der Mütter gesellt hätte, die von unermüdlichen kleinen Plappermäulchen umringt wurden. Ich erkannte das Ausmaß meiner Einsamkeit, und zum ersten Mal schien sie mir unüberwindbar, monumental.

Ich war davon ausgegangen, daß es schneller gehen würde, daß es sich nur um ein paar Wochen handelte. Ich hatte nicht damit gerechnet, daß ich mehrere Monate auf der Straße verbringen mußte. Ich konnte die Stadt, ihren Schmutz und ihre Hartherzigkeit nicht mehr ertragen. In diesem kleinen Park, so künstlich er auch war, hatte ich den Eindruck, wieder Kontakt zur Natur zu knüpfen. Der Geruch feuchter Erde, der frisch gemähte Rasen, ausgegrabene Pflanzen, die Blumen in den Beeten, all dies wirkte beruhigend und erholsam. Die Gärtner in ihren grünen Uniformen waren den ganzen Vormittag beschäftigt, und ihr geduldiges Werken, ihre präzisen Gesten, ihre Art, sich über die Erde zu beugen und ihre Geräte zu benutzen, weckten in mir die Lust auf Natur.

Zur Mittagszeit leerte sich der Park, abgesehen von einigen Pärchen, die sich hier ein Sandwich teilten, und eine unerwartete Stille dehnte sich aus, die nur vom Trillern der Amseln und Meisen gestört wurde. Der Lärm der Stadt schien plötzlich gedämpft, weit entfernt. Ich lag hinter dem Lattenzaun auf einem Sandhaufen und betrachtete die Blätter der Bäume, die sich im Wind regten, weiter oben die Wolken, die schnell vorüberzogen und sich auflösten, ich machte es mir unter den launischen Sonnenstrahlen bequem und ließ die Gedanken treiben, als mir plötzlich La Varenne einfiel, die schönen sonnigen Tage, die wir Jahre zuvor dort im weichen, feuchten Gras verbracht hatten. Warum sollte ich nicht dort warten, bis der Notar etwas von sich hören ließ? Zu Nisa traute ich mich in meinem augenblicklichen Zustand ohnehin nicht. Ich schrieb regelmäßig, das war die einzige Verbindung, die ich zu ihr hatte.

Ich verbrachte noch eine Nacht in dem Park. Am nächsten Morgen wurde die Arbeit auf der Baustelle wieder aufgenommen, und ich mußte meinen Schlupfwinkel verlassen. Als ich durch das kleine Tor trat, war mein Entschluß gefaßt. An diesem Tag stürzte ich kein einziges Mal. Und am folgenden verließ ich Paris.

22

In den ersten Januartagen bekam ich einen Brief von Nisa. Er enthielt nur wenige Worte, die ich mir laut vorlas, ohne sie alle zu verstehen. Das hatte auf mich dieselbe Wirkung wie ein Elektroschock. Ich holte Papier und begann ebenfalls zu schreiben. Ich kümmerte mich nicht darum, was aus meiner Feder floß, ich hatte nur den einen Wunsch, den zarten Kontakt aus Papier zu erhalten, der mich noch mit ihr verband.

Libbela teuerlein
Lomlang Damberlang
Rübenige
Raberlich
Warnich Maderwo
Behuteman Habemal
Zwickerlo, Zittersaal
Abinam

Ich unterschrieb mit »Mama«, was ganz von selbst kam, so spontan, daß ich es kaum glauben konnte. Ich wartete auf die Abenddämmerung, um meinen Brief einzuwerfen, die Hauptstraße des Dorfes war leer, durch die geschlossenen Fensterläden sickerte Licht. Seit dem Morgen wehte ein kalter Wind, der zwischen den Häusern hindurchblies. Die Bäckerei war noch geöffnet, ich war seit über einer Woche nicht dort gewesen. Bevor ich eintrat, vergewisserte ich mich, daß kein anderer Kunde im Laden war. Die Bäckerin hatte sich daran gewöhnt, daß ich immer das gleiche große Landbrot kaufte. Ich war kaum durch die Tür, da griff sie schon nach dem üppig mit Mehl bestäubten Brotlaib und legte ihn auf den Tresen, meist ohne ein Wort. Doch als ich an diesem Tag die Tür der Bäckerei aufstieß und das kleine Glockenspiel erklang, war niemand da. Die Frau, die einen Moment später aus dem Hinterraum auftauchte, war nicht die Verkäuferin, die ich kannte. Als sie mein überraschtes Gesicht sah, trocknete sie sich die Hände an ihrer Schürze ab und erklärte, sie sei für Mireille eingesprungen, die für eine Woche zu ihrer Familie gefahren wäre. Als Antwort zwinkerte ich ihr zu, zeigte auf mein Lieblingsbrot und murmelte so etwas wie »Deda, bitte«, erstickt von einem Husten, den ich ziemlich schlecht vortäuschte.

Die Frau warf mir einen mitleidigen Blick zu und gab mir mein Brot, ich kramte tief in meiner Tasche hektisch nach Kleingeld und merkte, daß ich zitterte. Ich versuchte ein gezwungenes Lächeln, schnappte mir das Brot und verließ die Bäckerei fluchtartig. Einen Moment lang war ich wieder in Versuchung, beim

Winzer vorbeizuschauen (die Bäckerei war nur fünfzig Meter vom Friedhof entfernt), doch ich brachte nicht den Mut auf. Als ich im Dunkeln über die kleine Straße, die sich unten durch das Tal schlängelt, nach Hause ging, hörte ich meinen Herzschlag in der Stille widerhallen. Ich fühlte mich wie ein gehetztes Tier, ein Lebewesen, das sich in einer unbekannten Landschaft hoffnungslos verirrt hat. Ich konnte nicht hierbleiben, so ganz allein, sonst würde ich komplett durchdrehen. In dieser Nacht schlief ich kaum, und am Morgen stand meine Entscheidung fest: Ich mußte Nisa holen.

Ich suchte hastig ein paar Sachen zusammen, nahm das Brot, das ich am Tag zuvor gekauft hatte, und sperrte das Haus zu. Ich fuhr per Anhalter bis zum nächstgelegenen Bahnhof, der fünfzig Kilometer entfernt war. Ich tat so, als wäre ich stumm oder als hätte ich meine Stimme verloren, ich lächelte, und die Leute stellten mir keine Fragen. Ich brauchte zwei Stunden und drei Autos. Die Strecke vom Flußufer, wo der letzte Fahrer mich abgesetzt hatte, bis zum Bahnhof legte ich zu Fuß zurück. Dort studierte ich den Fahrplan und mußte feststellen, daß die beiden frühen Züge bereits abgefahren waren. Die nächste Möglichkeit, nach Paris zu kommen, gab es erst wieder um fünf Uhr nachmittags, mit einem Reisebus. Der Schnellzug um 18.11 Uhr kam fast zur selben Zeit an.

Auf dem Gleis stand ein normaler Zug mit metallicgrauen Wagen, auf den Schildern an den Waggontüren las ich, daß er nach Gien fuhr, ich stieg sofort ein, und ein paar Minuten später verließ ich den Bahnhof. Im Zug saßen nur wenige Fahrgäste. Ich hatte keine Fahrkarte und sah auch keinen Schaffner. Aber ich war ängstlich und nervös, äußerst angespannt. Ich betrachtete die Landschaft und sah nichts als monotones Ackerland, Stromleitungen, Straßen, häßliche Häuser, kahle Bäume.

Als ich über eine Stunde unterwegs war, bemerkte ich, daß die Autobahn in einiger Entfernung parallel zur Eisenbahnlinie verlief. Am liebsten wäre ich aus dem Fenster gesprungen, um dem mühsam vor sich hin zockelnden Zug zu entfliehen und schneller vorwärts zu kommen, mit einem der Autos, die wie Pfeile auf die Hauptstadt zuschossen. Ich mußte aussteigen, bevor die Schienen und die Autobahn wieder getrennte Wege gingen. Zum Glück hielt der Zug kurze Zeit später in Briare. Ich sprang aus dem Wagen und folgte quer durch die Stadt den Schildern, die zur Autobahn führten. Ich sah weder den Fluß noch die Kanalbrücke und erst recht nicht den Kanal, ich war vollkommen auf die Achse konzentriert, die auf dem schnellsten Weg nach Paris führte. An der Auffahrt mußte ich ein bißchen warten, vielleicht eine Viertelstunde, bis der Fahrer eines schokobraunen Kleinwagens mir zuwinkte.

Der Fahrer war ein Mann mittleren Alters, mit müden und abgespannten Gesichtszügen. Sein Haar fiel in aschblonden Locken in seine faltige Stirn. Er hatte helle Augen von undefinierbarer Farbe. Blaugrün, graublau, graugrün, vielleicht war es die Nuance, die Homer *glaukos* nannte, als er die Farbe der Augen Athenas beschrieb, der Göttin mit den meergrün strahlenden Augen. Die vollen Lippen seines Mundes waren das einzig kräftige Element in seinem kantigen Gesicht. Er kaute ständig darauf herum, daher leuchteten sie in einem dunklen Karminrot, das einen starken Kontrast zu seiner blassen Gesichtsfarbe bildete. Er sprach sehr schnell, und als ich nicht antwortete, fragte er besorgt:

»Sie sprechen doch Französisch?«

Ich nickte.

»Sind Sie taub?« fragte er und zeigte auf sein Ohr.

Ich schüttelte den Kopf.

»Sind Sie stumm?«

Ich bestätigte, und er nickte. Er ließ eine Weile verstreichen, die Stille im Auto war erdrückend, ich fühlte mich unwohl, mir war heiß. Die Heizung blies mir staubige, trockene Luft ins Gesicht, es war unangenehm stickig.

»Waren Sie schon immer stumm?« fuhr er fort, nachdem er zwei Lastwagen überholt hatte.

Ich schüttelte wieder den Kopf. Sein Ton war nun ein anderer, er sprach langsamer und deutlicher.

»Sie können also sprechen.«

Ich wußte nicht recht, was ich darauf antworten sollte, denn in Wirklichkeit war ich unfähig, irgend etwas in Worte zu fassen, und sei es nur in Gedanken. Ich wiegte den Kopf skeptisch hin und her, was sowohl ja als auch nein heißen konnte. Doch er sah mich nicht an. Obwohl das kleine Auto nicht mehr das jüngste war, fuhr er sehr schnell und konzentrierte sich auf die Straße, ohne sich allzusehr von meiner Anwesenheit ablenken zu lassen. Sein langer hagerer

Körper schien wie gefaltet, eingerollt in das zu kleine Auto.

»Meinem Großvater ist es genauso ergangen«, stieß er plötzlich hervor. »Als er aus Mauthausen zurückkehrte, konnte er nicht mehr sprechen. Er sagte nichts, kein Wort. Das hat ihn vollkommen ausgezehrt, da haben sie es dem Großmaul gezeigt … Als die Lager geöffnet und die Gefangenen befreit wurden, war er kurz vorm Sterben. Er wog nur noch 35 Kilo, und das bei einer Größe von 1,90 m. Er war bis auf die Knochen abgemagert. Dabei war er eigentlich ein kräftiger Bursche, und sehr gutaussehend. Sonst hätte er diese Hölle bestimmt nicht so lange überlebt. Er hat drei Jahre in Mauthausen verbracht. Als ich geboren wurde, war er längst wieder zu Kräften gekommen und hatte seit Jahren ein normales Körpergewicht, aber die Auszehrung wurde er nicht wieder los, er blieb so ausgemergelt. Als hätten die Sehnen und Nerven die Muskeln ersetzt. Sein großer Körper hatte jede Geschmeidigkeit verloren, jede Beweglichkeit. Als ich klein war, machte er mir Angst, weil er eine sehr rauhe Stimme hatte, es hörte sich fast an, als würde er bellen. Eigentlich mochte ich meinen Großvater nicht besonders. Aber weil er so viel durchgemacht hatte, hätte ich nie gewagt, einen solchen Gedanken zu äußern. Das hätte mich selbst schockiert.«

Der Mann verstummte, ich spürte, wie er den Faden seiner Erinnerungen, den empfindlichen Punkt seiner Familiengeschichte, hinter seiner zerfurchten Stirn weiterverfolgte.

»Ich glaube, es dauerte lange, bis er die Sprache wiederfand. Meine Großmutter hat mir oft erzählt, wie es geschah. Und auch mein Vater hat mir die Geschichte immer wieder geschildert. Eines Morgens betrat mein Großvater die Küche, wo seine Söhne, mein Vater und mein Onkel, gerade frühstückten, setzte sich an den Tisch und schimpfte: ›Na, ihr beiden Taugenichtse, habt ihr immer noch nicht lesen gelernt?‹ Die Jungen, die damals zehn Jahre alt waren und längst lesen konnten, brachen in Gelächter aus, sie waren bewegt, die Stimme ihres Vaters zu hören, aber auch erstaunt über seine unpassende Bemerkung. Mein Großvater sprach davon, die Thora auf Hebräisch zu lesen, was seine Söhne während des Krieges natürlich nicht gelernt hatten. Das waren die ersten Worte, die er, der seine Söhne Jahre nicht gesehen hatte, nach monatelangem Schweigen hervorbrachte. Jetzt verstehen Sie, warum sich daran noch alle erinnern.«

Ich fand es sehr merkwürdig, die Geschichte dieses Mannes zu hören, zum einen war ich nicht mehr daran gewöhnt, daß man sich so an mich wandte, ich meine an mich als Menschen und als Zuhörer einer so persönlichen Geschichte, aber vor allem hatte der Mann mir etwas sehr Intimes, fast Geheimes anvertraut. Nicht antworten zu können, versetzte mich in eine eigenartige Situation, allerdings hätte ich wohl auch nicht viel dazu sagen können, selbst wenn ich die Worte gehabt hätte. Der beengte Raum des Wagens, das Brummen des alten, auf Hochtouren laufenden Motors, die Hitze – anscheinend war die Heizung defekt –, all dies schuf eine isolierte, geschlossene Atmosphäre, die das Gefühl des Eingesperrtseins, das ich durch meine Sprachlosigkeit empfand, noch verstärkte.

Ich versuchte herauszufinden, was mich mit diesem Mann, der stumm aus dem Lager heimgekehrt war, verband, und fand nichts, was einen Vergleich unser beider Erfahrungen zugelassen hätte, sein historisches Schicksal und mein verpatztes Leben hatten nichts miteinander zu tun. Was mich an seiner Rückkehr zur Sprache dennoch erstaunte, war die totale Negation dessen, was diesem Mann passiert war. Er hatte beschlossen, das Treiben der monströsen Kriegsmaschinerie totzuschweigen, die jahrelang versucht hatte, seine Kultur, seine Seele, seinen Körper und seine Wahrheit zu vernichten. Auch erstaunte mich sein unbeugsamer Wille, die Dinge dort fortzuführen, wo er sie zurückgelassen hatte, als wäre gar nichts geschehen. Ich aber hatte den Eindruck, die Welt nie wieder so sehen zu können wie früher. Die durch das Leben auf der Straße, durch die Trauer und die Abwesenheit ausgelöste Kehrtwende hatte mich radikal verändert, hatte einen anderen Menschen, einen von Grund auf anderen Menschen aus mir gemacht.

Wir hatten die Mautstation hinter uns gelassen. Der Fahrer kurbelte das Seitenfenster ganz herunter, forderte mich mit einer Geste auf, dasselbe zu tun, und sagte: »Während der Fahrt lasse ich die Fenster meistens geschlossen, sonst wird es zu laut. Entschuldigen Sie wegen der Heizung, es ist zum Ersticken, der Thermostat ist kaputt ...« Die kalte Luft strömte von beiden Seiten herein und lockerte die Atmosphäre etwas auf.

»Ich wollte damit nur sagen: Er hat sein Sprachvermögen wiedererlangt. Machen Sie sich keine Sorgen, diese Art von Aphasie dauert nie lange. Wer weiß, vielleicht wäre es in seinem Fall sogar besser gewesen, er hätte ein für allemal geschwiegen.«

»Mein Großvater war ein böser Mensch, hartherzig, autoritär, ein schwieriger Charakter. Aber selbst die drei Jahre im Lager konnten seiner Bosheit nichts anhaben. Was wiederum beweist, daß gegen Grausamkeit kein Kraut gewachsen ist, Gewalt schon gar nicht. Nur die Sprache hat es ihm verschlagen. Noch als er längst wieder reden konnte, blieb er schweigsam und einsilbig. Als ich ihn in meiner Kindheit kennenlernte, sprach er sehr wenig. Und wenn er einmal etwas sagte, kamen seine Worte einem Fallbeil gleich, einer Verurteilung, einem Verdikt. Alle hatten Angst vor ihm, sein Schweigen war ebenso gefürchtet wie seine barschen Erwiderungen. Die Vorkommnisse dort im Lager hatten auch ihm einen Schock versetzt, aber eine zartere Seele hätte es schlimmer getroffen. Daß die anderen, die Henker noch gemeiner waren als er selbst, empfand er als Demütigung, über diese Erniedrigung kam er einfach nicht hinweg.«

»Mein Großvater war ein sehr kultivierter und gebildeter Mann, vor dem Krieg hatte er Philosophie gelehrt, und er hegte eine große Leidenschaft für die Kabbala. Er las Hebräisch, und er sprach Deutsch, Französisch, Jiddisch und Polnisch. Doch er besaß kein Herz, er war unempfänglich für alles, was mit Gefühlen zu tun hatte. Er sprach nie über die drei Jahre im Lager. Kein Wort, zu niemandem. Am Ende seines Lebens, als die Krankheit ihn schwächte und seine angeborene Hartherzigkeit aufweichte, versuchte mein Vater, mit ihm darüber zu reden. Er konnte ihm nichts entlocken. Er starb mit zusammengebissenen Zähnen, ohne das Geheimnis preiszugeben, das ihn für einige Monate hatte verstummen lassen und eine unbändige Wut in ihm erzeugte, die sich auch im Laufe seines Lebens nie ganz erschöpfte.«

Es herrschte ein ausgedehntes Schweigen, der Mann fuhr etwas langsamer. Wir hatten das Umland von Paris erreicht, der Verkehr wurde nun immer dichter.

»Ich weiß nicht, warum ich Ihnen das alles erzähle. Entschuldigen Sie, es war vielleicht nicht sehr feinfühlig, das ausgerechnet Ihnen zu erzählen. Aber wissen Sie, ich war immer überzeugt, daß er nur deshalb weiter so böse war, weil diese ganze Gewalt sich in ihm aufgestaut hatte, und die konnte er nur loswerden, indem er selber brutal war, zu seiner näheren Umgebung, seiner Frau, seinen Söhnen, seinen Angehörigen. Seine Worte spiegelten seinen Protest, seine Wut und seinen Haß auf die Henker, deren Namen er nicht aussprechen konnte, die Wörter blieben ihm im Halse stecken, denn auszusprechen, wie unmenschlich und pervers die anderen waren, hieß gleichzeitig die eigene Grausamkeit einzugestehen, seinen eigenen Mangel an Zuneigung und Mitgefühl für andere. Aber vielleicht ist das ja zuviel verlangt …«

Er unterbrach sich mitten im Satz. Ich sah, daß die Finger seiner linken Hand nervös auf dem Lenkrad herumtrommelten, als schlügen sie den Takt eines furchtbaren Höllenwalzers.

»Und Sie, was können Sie nicht aussprechen?« fragte er und wandte sich zu mir. Er erwartete keine Antwort, statt dessen zuckte er vielsagend mit den Schultern, eine Mischung aus Verzicht und Resignation.

23

»Ich lasse Sie an der Metro raus«, sagte er, nachdem wir die Autobahn verlassen hatten und verschiedene langweilige Vororte durchquerten, die mit ihrer unübersichtlichen Architektur alle identisch aussahen.

Ich drückte dem Fahrer so warmherzig und wohlwollend die Hand, wie ich nur konnte, dann verschwand ich über die Treppe unter dem großen gelben M mit einem Kreis ringsum. Ich hatte Nisas Adresse, ich kannte sie auswendig, doch aus Angst, man könnte mir verbieten, sie zu sehen, wollte ich nicht sofort zu ihr, das hätte ich nicht ertragen. Ich folgte meinem ersten Impuls, nach Hause zu gehen, zu unserer alten Wohnung, und als ich das Gebäude betrat, schlug mir sofort der Flurgeruch entgegen, der sich in den vergangenen Monaten nicht verändert hatte, ein Geruch von feuchter Erde und Putzmitteln, eine Mischung aus Frische und Sauberkeit.

Es fühlte sich an wie eine Heimkehr nach langer Abwesenheit. Als ich auf der Straße lebte, war ich nie hergekommen, ich hatte mich immer am Rand des Viertels aufgehalten, in dem wir früher wohnten, Philippe, Nisa und ich. Aber als ich nun aus La Varenne zurückkehrte, fand ich es ganz selbstverständlich, an der gewohnten Haltestelle aus der Metro zu steigen, die vertrauten Straßen entlangzugehen, die schwere Haustür aufzustoßen, die etwas finstere Eingangshalle zu betreten, wo hinter der Glastür die beiden Treppenhäuser hinaufführten, einen Blick in den Hof zu werfen, der vollgestellt war mit Topfpflanzen und gepflegten Blumenkästen.

Ich öffnete meine Tasche, ohne genau zu wissen, was ich darin suchte. Die Schlüssel? Die besaß ich seit einer Ewigkeit nicht mehr. Eine Haarklammer? Die würde keinen kräftigen Stoß aushalten. Mit der Klinge meines Messers konnte ich den Riegel zurückschieben, der den Wandschrank auf dem Treppenabsatz verschloß. Der Kasten mit den Wasserzählern wurde hinten von einem verstaubten Pappstück abgedeckt. Ich hob es vorsichtig an einer Ecke hoch: Die beiden Schlüssel für das normale und für das Sicherheitsschloß unserer Wohnung lagen immer noch darunter. Ich mußte nicht einmal mit der Schulter nachhelfen, ein leichter Ruck genügte, um die Siegel aufzubrechen.

Drinnen mußte ich mich erst einmal an die Wand lehnen. Um mich herum drehte sich alles, vor meinen Augen hüpften Lichter auf und ab, ich spürte, wie ich den Boden unter den Füßen verlor. Die weißen Wände schwankten, die Türen wellten sich, der Flur wurde zu einer Zickzacklinie, sobald ich in Richtung Küche schaute, die Leere der Wohnung verwandelte sich in ein monströses unsichtbares Wesen, das alles zerquetschte und die harten Oberflächen verformte, der Druck, den es auf die Materie ausübte, kam einem Erdbeben gleich, einer blind wütenden Erschütterung.

Ich schloß die Augen, ringsum war es ganz still, kalt und ruhig. Ich schlug sie wieder auf, die Wände bewegten sich, die Fenster kamen mir bis zum Kamin entgegen, der sich in einen gigantischen, aufgerissenen Mund verwandelte, der mich jeden Moment verschlang.

Ich schaffte es, das kurze Stückchen Flur zu überqueren, das mich vom Badezimmer trennte, und trank Wasser aus dem Hahn. Ich hatte den ganzen Tag noch nichts zu mir genommen. Mit geschlossenen Augen tastete ich mich bis zur Wohnungstür vor, wo ich meine Tasche abgestellt hatte, setzte mich in einer Ecke auf den Boden und packte den großen Brotlaib aus, den ich aus Saint-Loup mitgebracht hatte. Ich aß langsam und kaute gründlich, als ich satt war, stand ich auf und machte einen neuen Versuch, die Zimmer zu inspizieren. Ich ging vorsichtig, weil ich in die Wohnung eingebrochen war, aber auch wegen des Schwindels, der andauerte, ich konnte jeden Moment stürzen. Nichts hatte sich verändert seit dem Tag, an dem ich diesen Ort verlassen mußte, bevor die Gerichtsvollzieher die Tür hinter sich zuzogen und mit ihren Wachsplättchen versiegelten.

Sie hatten fast nichts dagelassen, nur das Bett und die Küchenmöbel, die beiden Waschmaschinen ausgenommen. Die Wände waren kahl, nur die Nägel und Haken für die Bilderrahmen ragten noch hervor. Kein Stuhl mehr, kein Teppich, kein Tisch, kein Spiegel, keine Lampe. Den Wandschrank im Flur hatten sie allerdings übersehen und seinen Inhalt nicht angerührt. Philippes gesamte Garderobe hing noch darin, auch seine Hemden, Pullover und T-Shirts lagen noch in sauberen Stapeln da. Auf dem oberen Regalbrett stand eine Reihe Kartons mit Schuhen und Spielzeug von Nisa, mit Kleidern, aus denen sie herausgewachsen war, mit Fotos und Papierkram.

Es war Nacht geworden und die Leuchtreklamen warfen bunte Blitze, rot, grün, blau, durch die nackten Fenster. Unten ging das Leben weiter, das Treiben einer belebten Geschäftsstraße, in der die Menschen kamen und gingen. Ich blieb lange am Fenster stehen und beobachtete die endlose Bewegung, die Schritte und Wege, die ganz unterschiedlichen Rhythmen, das Auftreten, die Haltung und die Art, mit der die Leute bei der Sache waren oder auch nicht. Ich war eine von ihnen gewesen, war mitten auf der Straße stehengeblieben, um mit einem Nachbarn oder einem Bekannten ein paar Worte zu wechseln, hatte beim abendlichen Einkauf zwischen Bäckerei, Obsthändler, Käseladen, Metzger immer ein wachsames Auge auf Nisa, die entweder vorauslief oder trödelte, suchte die Straße vor oder hinter mir mit dem Blick ab, rief sie manchmal herbei, drückte schließlich die Haustür mit der Schulter auf, die Arme überladen mit Paketen und Taschen, rief noch einmal den kleinen Frechdachs, der ein letztes Mal auf der Straße herumhüpfte, bevor er die Nacht über eingesperrt wurde.

Früher hatte ich genau so ein Leben geführt wie die Leute, die ich dort unten sah, und jetzt war ich nur noch ein Gespenst, das in seinem einstigen Schloß umherspukte. Die Nacktheit der Wohnung erinnerte mich an meine eigene, ich hatte nichts mehr, nicht einmal mehr die Namen meiner letzten Habseligkeiten, die der Gerichtsvollzieher verschont hatte. Ich überlegte, ob ich die Kartons vom oberen Regal herunterholen sollte, aber nichts darin hätte mir noch nützlich sein können, nur die Schachteln mit den Fotos, die Philippe aufbewahrt hatte, wollte ich für Nisa mitnehmen. Ich zögerte, die Wohnung wieder zu verlassen. Es hatte angefangen zu regnen, und mit vorrückender Stunde leerten sich die Straßen. An den Fassaden waren nach und nach die Lichter angegangen.

Auf die Straße zog mich nichts, zu lange war ich dort umhergeirrt. Diese Stadt hatte nichts Verlokkendes mehr, der Charme von Paris war für mich ein für allemal gestorben. Ich war gekommen, um meine Tochter abzuholen, ich mußte nur noch bis zum nächsten Morgen warten. Es war nicht sehr warm, aber erträglich, im Wandschrank lag noch eine Decke. Ich streckte mich auf der Matratze aus, die die Gerichtsvollzieher zurückgelassen hatten (den Lattenrost hatten sie mitgenommen), und wartete auf den Schlaf, den Blick auf den grünen Lichtschein geheftet, den das Kreuz der Apotheke in der unteren Etage alle zwei Sekunden aussandte und durch die Fensterscheibe sickern ließ.

Ich erwachte beim Morgengrauen, die Zeit bis zum Tagesanbruch vertrieb ich mir damit, das restliche Brot aufzuessen. Bevor ich Nisa holte, mußte ich noch zum Notar. Ich wusch mich mit kaltem Wasser, dann verließ ich die Wohnung und trank im Bistro in der Rue des Archives an der Theke einen Milchkaffee.

Den Weg zur Kanzlei des Notars, die sich in der Nähe des Pont-Neuf befand, ging ich zu Fuß. Unterwegs las ich mechanisch alle Schriftzüge auf Werbeplakaten, Schildern, Schaufenstern, und verstand nur die Hälfte. Ein Wort, dessen Bedeutung ich vergessen hatte, tauchte immer wieder auf: Sonderangebot. Ich versuchte nicht zu begreifen, was ich entzifferte, ich war schon froh, daß ich noch lesen konnte.

Beim Notar wurde ich von einer Sekretärin empfangen. Ich zeigte mit dem Finger auf das Büro von Monsieur Mercier. »Haben Sie einen Termin?« fragte sie spitz. Ich schüttelte den Kopf und zeigte erneut zur Tür. Sie bedeutete mir mit einer Handbewegung, auf dem Stuhl Platz zu nehmen, den sie mir zugeschoben hatte. Sie hörte augenblicklich auf, mit mir zu reden, und machte allerhand Gesten, deren Bedeutung ich nicht immer verstand. Wahrscheinlich hielt sie mich für taub.

In der Kanzlei war es ruhig. Kein Geräusch drang durch die schweren Türen, die zu den Büros von Monsieur Mercier und seinem Partner führten. Ich wartete vielleicht eine halbe Stunde, während dieser Zeit klingelte das Telefon zwei- oder dreimal, die Sekretärin antwortete mit ihrer Piepsstimme und sagte immer denselben stereotypen Satz. Endlich ging die Eingangstür auf, und der Notar erschien. Als er mich erblickte, huschte ein überraschtes Lächeln über das Gesicht des kleinen Mannes, doch er fing sich gleich wieder. »Oh, Madame Cauchefer!« rief er und warf seinen Mantel ab. »Wie geht es Ihnen?« Ich erhob mich, er faßte mich am Arm und geleitete mich in sein Büro. »Aliette, machen Sie uns einen Kaffee«, befahl er der Sekretärin, ohne ihr einen Blick zuzuwerfen.

Im Schutz der gepolsterten Tür setzte er zu einem langen Vortrag an, ich sah ihn herumhampeln und begriff genug, um zu verstehen, daß er sich rechtfertigte. Er hatte nicht einmal bemerkt, daß ich nicht redete. Ich spürte die Wut in mir aufsteigen, zum ersten Mal seit Monaten fühlte ich, daß meine Muskeln sich vor Rage anspannten, die Frist, auf die man mich bei der Testamentseröffnung hingewiesen hatte, war seit einiger Zeit verstrichen. Wie lange hockte dieser Dieb schon auf meinem Geld? Er verpackte banale Erklärungen in Juristenlatein, in meinen Ohren brummte es, ich hörte ein schrilles Pfeifen, dann plötzlich hatte ich eine Eingebung, ich füllte meine Lungen und schrie wie aus der Pistole geschossen: »Wann?«, in einer Lautstärke, die mich selbst zusammenzucken ließ. Ich mußte ziemlich blaß sein, ich drückte meine Hände ineinander, damit sie sich nicht selbständig machten und alles ringsum verwüsteten, und fing an, rauhe Schreie auszustoßen, ich wollte ihn beschimpfen, doch dazu fehlten mir die Worte, also schrie ich wie ein Tier. Er stolperte eilig hinter seinem Schreibtisch hervor auf mich zu, wußte aber nicht, wie er es anstellen sollte, mich zum Schweigen zu bringen. Er wiederholte immer wieder: »Aber ich bitte Sie, Madame Cauchefer, beruhigen Sie sich doch!«, und hüpfte von einem Bein aufs andere.

Schließlich ging er zurück zu seinem Stuhl, zog eine Schublade auf und holte ein Scheckheft hervor, ich schrie weiter wie ein Orang-Utan-Weibchen, deren Junges ermordet wurde, eine Folge dröhnender langgezogener Klagelaute drang tief aus meinem Bauch. Er zückte seinen Federhalter aus dem silbernen Becher, der ihm als Stiftbehälter diente, seine Hand zitterte vor Angst, er zerriß den ersten Scheck, auf dem er sich dreimal verschrieben hatte und füllte einen zweiten aus, den er in seiner Panik nicht von dem Block abbekam. Ich hatte aufgehört zu schreien und stieß nur noch kurze »Aahs« aus, ich war völlig außer Atem, ich schnappte nach Luft, selbst erschrocken über die Heftigkeit meines Zorns und die schreckliche Form, in der er sich gezeigt hatte. Der Notar legte den Scheck vor mich hin, ich las die Summe, eine runde Zahl mit fünf Ziffern. Mein Blick traf den seinen, er konnte ihm nur zwei oder drei Sekunden standhalten, dann wich er aus. »Den Rest werde ich Ihnen noch im Laufe der Woche zukommen lassen«, stotterte er. »Ich muß vorher noch ein paar Papiere prüfen und die Urkunden ausstellen.«

Ich kramte den Umschlag mit der Stromrechnung hervor, die ich ein paar Tage zuvor in La Varenne bekommen hatte. Ich zeigte mit dem Finger auf die Adresse und sah ihm wieder direkt in die Augen. »Oh! Sie sind umgezogen ... Ich werde mir Ihre neue Adresse gleich notieren, einen Moment!« Ich erinnerte mich, daß ich ihm in den ersten Tagen auf dem Land geschrieben hatte. Er täuschte die Überraschung perfekt vor, obwohl er immer noch sehr aufgeregt war. Ich nahm den Scheck und verließ die Kanzlei. Nach dieser Szene war ich am Boden zerstört. Ich atmete den faden Geruch des Flusses ein, an die Brüstung der

Uferstraße gelehnt, und versuchte wieder zu mir zu kommen, mich auf das zu besinnen, was mir noch eine Stütze sein und Halt geben konnte. In diesem Augenblick hätte es mich gar nicht gewundert zu sehen, wie mein Körper sich in Luft auflöst, meine Glieder zerfließen und mein Kopf davonfliegt, gleichgültig und leicht. Nur die Beharrlichkeit meiner Körperzellen hielt mich als Ganzes zusammen, so etwas wie einen einfachen inneren Zusammenhalt, einen herkömmlichen Lebenstrieb empfand ich nicht mehr. Ich war gekommen, um meine Tochter zu holen, und ich hatte noch keinen Schritt in ihre Richtung getan.

24

Eigentlich hatte ich mir vorgenommen, der Sozialarbeiterin einen Besuch abzustatten, um ihr möglichst viele der verlangten Papiere zu überreichen. Nach dem Zwischenfall beim Notar änderte ich meine Pläne. Ich war nicht bereit, es mit dem perversen, kalten Verwaltungsapparat aufzunehmen. Schon der kleinste Verdacht eines scheinheilig vorgetäuschten, falschen Mitgefühls hätte mich vernichtet. Ich hatte tatsächlich Angst, ich könnte mich auflösen. Ich wollte direkt zu dem Internat fahren, in dem Nisa lebte, dort würde mir schon etwas einfallen. Seit man sie mir weggenommen hatte, wohnte Nisa in einem Pensionat, das wochentags Kinder aus der Vorschule und ersten Klasse aufnahm. Die Wochenenden verbrachte sie bei einer Pflegefamilie. Als ich sie ganz zu Anfang einmal dort besuchte, machte die Schule einen recht guten Eindruck auf mich. Allerdings klammerte ich mich damals bereitwillig an alles, was meinen Kummer milderte und mir die Angst, mich von meiner Tochter zu trennen, erträglicher machte. Als ich dann endgültig auf der Straße lebte, besuchte ich sie nicht mehr, Nisa sollte nicht mit ansehen, wie abgrundtief ich gesunken war.

Ich versuchte nicht, einen Plan auszuhecken, ich wußte, es war besser, den Affekt zu erhalten, der mich hierhergeführt hatte, dem spontanen Impuls zu folgen, dem Ziel, das ich mir gesetzt hatte und das mir nach gründlichem Erwägen unerreichbar erschienen wäre, am Ende eines tücken- und fallenreichen Weges. Ich ging zu der Schule und wartete, bis der Unterricht vorüber war, im Geiste versuchte ich ein paar Sätze zu formulieren. Wenn Nisa vor mir stand, mußte ich ihr sagen, was sie tun sollte, damit alles schnell und reibungslos vonstatten ging, aber mir fiel nichts ein, was die Flucht, die ich mir im Geiste ausmalte, klar genug zum Ausdruck gebracht hätte, durchbrennen, spurlos verschwinden, sich in Luft, in Rauch, in Nichts auflösen, pffftt, futsch und weg. Ich mobilisierte all meine Ressourcen, meinen Geist, meine Willenskraft und mein Gedächtnis, doch es kam nur unförmiges Kauderwelsch dabei heraus.

Als das Tor sich öffnete, hatte ich immer noch keine Idee, ich drängelte mich mit den anderen Eltern in die Eingangshalle und schaute durch die große aufgesperrte Tür, aus der bereits die ersten Kinder herausströmten. Ich hatte mich ganz in die Nähe gestellt und spähte nach Nisa, aber in dem geräumigen Innenhof, auf den die Klassenräume führten, herrschte ein solches Durcheinander, daß man nichts sehen konnte. Eine Aufsichtsperson stand an der Tür und ließ nur die Kinder vorbei, deren Eltern sie erkannt hatte. Obwohl die meisten Kinder schon draußen waren, wurde es nicht leerer, Eltern und Kinder unterhielten sich, Kinderwagen versperrten den Weg, in dem Stimmengewirr entstand eine gewisse Konfusion. Die aufgeregte Stimmung des Abholens hatte sich gelegt, die Aufsicht unterhielt sich mit einer Mutter. Als sie ihren Beobachtungsposten verließ, um zum Sekretariat zurückzugehen, schlüpfte ich durch die Tür und lief unter dem Vordach auf den Pausenhof zu, wo ich Nisa vermutete.

Der große Hof war in mehrere Spielzonen unterteilt und mit Bäumen und kleinen Sträuchern bepflanzt. Ich bewegte mich vorsichtig, damit man mir meine Eile nicht ansah. Ich versuchte möglichst natürlich zu wirken, während mein Herz in meiner Brust raste. Kinder spielten, hüpften Seil, schrieen und rannten um die Wette, auf einer Bank zankten sich ein paar Mädchen um ein kleines Pferd, mein Blick ging kreuz und quer, durchsuchte jeden Winkel, und dann stand sie auf einmal vor mir. Sie hatte mich zuerst gesehen, stürzte mit einem erstickten »Mama« auf mich zu und schlang die Arme um mich. Ich wiederholte immer wieder ganz leise »Nisa, Nisa«, ich spürte den sanften Druck ihrer Arme um meine Taille, es fühlte sich an wie ein wärmender Gürtel. Andere Kinder kamen hinzu, »Ist das deine Mama?«, wir hatten keine Zeit zu verlieren, durften ihnen keine Gelegenheit geben, zu reagieren, also zog ich Nisa unter das Vordach, wo uns plötzlich die Aufseherin gegenüberstand. Sie sah zu Nisa, dann starrte sie mich an: »Wer hat Ihnen erlaubt, hier hereinzukommen?« Nisa wollte widersprechen: »Aber Henriette, das ist doch meine Mama«, als sei dies eine Blankovollmacht, die alle Verbote außer Kraft setzte.

Ich schwieg, ich wohnte der Szene bei, ohne ein Wort herauszubringen, ich hielt Nisa fest, die sich an mich klammerte, ich ärgerte mich, daß ich den Ausgang nicht besser überwacht hatte. »Kommen Sie bitte mit mir«, sagte die Frau, ohne mir direkt in die Augen zu sehen – sie hatte längst begriffen, daß hier irgendwas nicht stimmte –, dann führte sie uns zum Büro der Direktorin, einer kleinen hageren Frau mit kurzem graumeliertem Haar, das borstig in die Höhe stand. Ich war ihr noch nie begegnet, an dem Tag, als ich meine Tochter besucht hatte, war ich in diesem Gebäude überhaupt niemandem begegnet, denn es war Mittwochnachmittag, also schulfrei, und ich war von einer Sportlehrerin empfangen worden, die Nisa rufen ließ.

»Soso, Nisa, das ist also deine Mama. Was kann ich für Sie tun, Madame?« fragte die Direktorin und bot mir einen Stuhl an.

Der freundliche Ton der kleinen Frau, die mit ihrem Körper und ihrem kantigen Gesicht eher spröde wirkte, berührte in mir etwas, das meine Entschlossenheit schwinden ließ und mich hilfloser machte denn je. Nisa sah zu mir hoch und boxte mich sanft mit der geschlossenen Faust in den Rücken, als wollte sie mich wachrütteln. Ich mußte etwas sagen, ich kramte in meinem Gedächtnis, ich konnte förmlich spüren, wie die Neuronen und Synapsen arbeiteten, Verbindungen herstellten, in Höchstgeschwindigkeit durch das ganze Netz jagten, Tausende winziger Signale, die wie ein Wirbelwind losflitzten und jeden Winkel absuchten, in einer unbeschreiblichen Hektik, von der man nicht wußte, ob sie einer inneren Ordnung gehorchte oder blindlings vonstatten ging, bis der richtige Rezeptor gefunden war, schnell, schnell, noch schneller, oh bitte!

Helft mir, Madame, helft, um der Liebe willen!
Weil mir der Lebenssaft sonst aus dem Leibe sinkt;
Nur Ihr allein vermögt die Schmerzen mir zu stillen
In meiner matten Brust, die mit dem Tode ringt.
O weh, o weh! Macht, daß Ihr rasche Hilfe bringt
Der Armen, also schwer bedrängt in dieser Zeit,
Weil einzig Ihr, nur Ihr, des Schicksals Herrin seid.

Die Direktorin warf der Aufsicht einen Blick zu, der wohl »Ich regle das schon» sagen sollte, aber genausogut hätte bedeuten können: »Holen Sie Verstärkung«. Nisa sah mich belustigt an, auch die größten Seltsamkeiten machen meist wenig Eindruck auf Kinder. Sie hatte ihre Faust in meine Hand geschoben, sie fühlte sich an wie ein kleines Vögelchen. Die Direktorin sah mir gerade ins Gesicht mit ihren Kulleraugen, die ihre Aufrichtigkeit und ihr Wohlwollen deutlich zum Ausdruck brachten.

»Ist mit Ihnen alles in Ordnung?«

Ich zeigte mit einem Schulterzucken auf meinen Mund. Ich spürte, daß sie nichts gegen mich hatte.

»Haben Sie jetzt eine Wohnung?«

»Ja«, sagte Nisa, »das Ferienhaus von meinem Papa, als er klein war. Auf dem Land.«

Ich zog die Stromrechnung aus meiner Tasche und reichte sie der Direktorin.

»Haben Sie ein bißchen Geld?«

Ich sah Nisa an.

»Hast du dein Portemonnaie dabei, Mama?«

Diese Frage stellte Nisa mir immer, wenn sie wollte, daß ich ihr etwas Süßes, eine Überraschung oder ein Malbuch kaufe. Der Satz war mir so vertraut, daß er in mir hallte wie ein Echo vergangener Zeiten, vor dem Leid und der Armut. Daß ich Nisa wieder bei mir hatte und die Distanz sich nach der monatelangen Trennung durch eine so simple Frage in Nichts auflöste, brachte mich völlig durcheinander. Vor lauter Rührung steckte ein schmerzhafter Kloß in meiner Kehle, wie ein Kissen mit Tausenden Nadeln bespickt, die mir das Herz durchbohrten. Ich holte den Scheck des Notars hervor und zeigte ihn der kleinen Frau.

»Ich nehme an, Sie sind gekommen, um Ihre Tochter abzuholen, aber ich darf sie Ihnen nicht einfach so mitgeben. Dafür brauche ich eine Bewilligung.«

»Oh, bitte, Madame«, bettelte Nisa. »Mama«, drängte sie mich, »sag doch was!«

Ich nahm all meine Kraft zusammen, doch ich konnte nicht sprechen, ich konnte kein Wort sagen. Und weder Clément Marot noch François Villon, weder Ronsard noch Jean de Sponde waren mir hilfreich. Das einzige, was ich sagen konnte, war:

Die, die sprechen sollten, sind stumm:
Die Gerechten hält man für dumm;
Ich sehe niemand,
Der hoch hält Güte;

Tugenden gehen nach dem Gesetz,
Sünden stehen in Blüte
Das ist für Euch Schmach,
Große, mittlere und kleinere Herren, ach.

Die Direktorin war verwundert und peinlich berührt, offensichtlich wußte sie nicht, wie sie darauf reagieren sollte. Nisa sah mich ängstlich fragend an. Ich drückte ihre Hand in der meinen, mit der anderen strich ich ihr übers Haar. Obwohl ich mich in eine solche Sackgasse manövriert hatte, war ich ganz erfüllt von der Wiedersehensfreude, ich spürte, wie meine Muskeln sich allmählich entspannten, alles ging zu schnell und auch wieder nicht schnell genug, in dem Büro schien die Zeit stillzustehen, die Minuten vergingen wie leise Ewigkeiten und gleichzeitig überstürzten sich die Ereignisse. Die Direktorin griff nach dem Telefonhörer und wählte eine Nummer. Während sie die Muschel an ihr Ohr hielt, traf ihr Blick den meinen und versenkte sich darin. Ich hörte das Freizeichen, ein schwaches Tuten sickerte aus dem Telefon, niemand antwortete. Die kleine Frau legte den Hörer langsam zurück auf die Gabel, dann stand sie auf.

»Warten Sie hier auf mich«, sagte sie, bevor sie den Raum verließ und die Tür hinter sich zuzog.

Als die Tür ins Schloß fiel, war das wie ein Signal für mich. Ich rannte zum Fenster und riß es weit auf, es ging auf die Straße, man mußte nur über einen schmalen Sims steigen, der am ganzen Gebäude entlanglief wie ein Blumenkasten. Ich gab Nisa ein Zeichen, die erstaunt und verblüfft dastand, ohne sich zu rühren. Mit einem Sprung war ich zurück hinter dem Schreibtisch, plötzlich verfügte ich wieder über all meine Kräfte, meine Reflexe, meine Schnelligkeit, ich nahm Nisa an der Hand und half ihr, auf den Sims zu klettern, sie wollte protestieren, doch ich ermahnte sie: »Komm, komm schnell!«

Unten auf dem Bürgersteig nahm ich sie auf den Arm und rannte so schnell ich konnte los, ohne mich umzusehen. An der nächsten Straßenecke ließ ich sie runter, sie war zu schwer, aber da waren wir schon außer Sichtweite, »Komm, komm, schnell«, ich zog sie, sie lief neben mir her, war bald außer Atem, doch nun konnten wir gehen, an der nächsten Kreuzung würde sich unsere Spur verlieren, sie würden uns nicht mehr einholen.

25

Als wir wieder in La Varenne waren, hatten wir ein paar schöne Tage, wie es sie im Februar häufig gibt, sonnig, hell und mild. Nisa fand alles wunderbar. Ihre Energie und ihre Lebensfreude waren unglaublich. Jede Kleinigkeit konnte sie begeistern, das Haus, der Garten, die Wälder ringsum, die kleinen Straßen, auf denen wir unsere Spaziergänge machten, das Fahrrad, mit dem wir in die Stadt fuhren, die Vögel, die ersten Primeln an den Böschungen. Sie war gewachsen, und es überraschte mich jeden Tag aufs neue, wie reif sie in den wenigen Monaten geworden war.

In ihrem neuen Zuhause hatte sie ihre Mutter, aber auch ihren Vater wiedergefunden, durch die Erinnerungsstücke vom Dachboden, die ich für sie aufbewahrt hatte. Zu wissen, daß Philippe dieses Haus kannte, daß er hier mit seiner Familie die Ferien verbracht hatte, machte es ihr wieder möglich, sich auf erträgliche oder gar tröstliche Weise an ihn zu erinnern.

Sie bat mich oft, mit ihr auf den Friedhof zu gehen. Dort lief sie kreuz und quer die Wege entlang, blieb vor den Gräbern stehen und versuchte die Inschriften zu entziffern. Der Engelgarten, wie sie die für Kinder reservierte Zone nannte, übte eine besondere Faszination auf sie aus. Immer wieder zog es sie zu den kleinen, mit einem Kreuz oder öfter noch mit einem Engelchen geschmückten Grabhügeln, die nicht mit einem Stein abgedeckt waren. Die Inschriften bestanden aus Vornamen, und die Todesdaten lagen oft gar nicht lange zurück. Dort ruhten Neugeborene, Säuglinge, ganz kleine Kinder, die von einer Krankheit dahingerafft worden waren. Nisa wollte nicht wahrhaben, daß man so jung sterben konnte. Daß ihr Vater gestorben war, schien ihr schon kaum denkbar, aber daß Kinder, die noch kleiner waren als sie, ihr Leben bereits beendet hatten, das überstieg die Grenzen ihrer Vorstellungskraft.

Sie war in einem Alter, in dem man sich auf natürliche Weise mit dem Tod beschäftigt, der Verlust ihres Vaters verlieh ihrem Interesse ein ganz besonderes Gewicht. Ihr metaphysischer Wissensdrang brachte sie immer an denselben Punkt. Obwohl sie den unvorstellbaren Tod als solchen anzunehmen lernte, stand ihr Geist immer wieder vor der Unmöglichkeit, diesen einen Tod zu akzeptieren, der ihr einen so teuren Menschen genommen hatte. Da Kinder sich jedoch nie lange mit unlösbaren Problemen aufhalten, mußte ihre Seele keinen Schaden nehmen an etwas, das über ihren Verstand hinausging. Ich konnte viel davon lernen, wie schnell sie von einem äußerst schwerwiegenden Thema zu irgendeiner belanglosen Lappalie wechselte. Ich war erstaunt, mit welcher Leichtigkeit sie ihren Weg ging, sich Unebenheiten anpaßte, um sie leichter zu überwinden, und Hindernisse einfach überflog. Der Orientierungssinn und die Intuition, über die sie verfügte, waren mit denen eines Tieres vergleichbar, das stets weiß, wohin es gehen und was es tun muß, instinktiv, seit Tausenden von Jahren.

Die festen Regeln im Internat waren ihr eine Stütze, als sie Halt und auch Hilfe brauchte, aber dieses Korsett zersprang in dem Moment, als sie nach La Varenne kam. Sie genoß die wiedergewonnene Freiheit mit wohltuender Liebenswürdigkeit und Lust, als würde meine bloße Präsenz jede Autorität ersetzen. In Wirklichkeit trat durch mein Handicap ein spontanes Gesetz in Kraft, dem sie sich vorbehaltlos beugte. Sie wollte mir unbedingt gefallen und Freude machen und tat nichts, was mich hätte verärgern oder meine Geduld hätte strapazieren können.

Sie erledigte all die Dinge, mit denen ich überfordert war, den Einkauf, den Tagesablauf, das Gespräch mit den Verkäufern, das Essen, den Haushalt, die Gartenarbeit. Wenn sie sagte: »Wir könnten Blumen pflanzen«, fuhren wir ins nächste Dorf, um eine Kiste mit kleinen Azaleen und Alpenveilchen zu besorgen, die Nisa anschließend fleißig im Garten verteilte. Ich ließ sie allein in die Bäckerei gehen, wo sie Kuchen einkaufte, den ich in der Auslage nie gesehen hatte. Keine Ahnung, wie sie das bewerkstelligte. Wenn sie fragte: »Warum hängen wir hier keine Vorhänge auf?«, fand ich mich kurze Zeit später vor der altersschwachen Nähmaschine mit Pedalantrieb wieder, um mit rosafarbenen Rankenmustern verzierte Vorhänge zu säumen, die sie im Schrank aufgestöbert hatte.

Während ihres kurzen Aufenthalts im Internat hatte sie lesen und schreiben gelernt. Nicht perfekt, aber immerhin so gut, daß sie mir vorlesen konnte, wobei sie die Worte, die sie kannte, besonders betonte, damit sie sich mir besser einprägten. Auf dem Dachboden hatte sie alte Zeitschriften ausgegraben, aus denen sie mir heillos veraltete Artikel vorlas, auf ihre ganz eigene Art (die Gefahr, daß ich sie dabei erwischte, wie sie ein Wort deformierte, war äußerst gering). Sie war verrückt nach Kochrezepten und bestand darauf, daß ich »Fischnestchen à la Bordelaise«, »Auberginen in Bierteig mit vier Kräutern«, »Blätterteigpastete nach Hausfrauenart« und »süßsaure Orangentörtchen« für sie zubereitete. Ich mußte mich Wort für Wort an die Anleitungen halten, die oft von Fotos illustriert wurden, die keine Frage offenließen, sollte ich einmal nicht gut aufgepaßt haben, als Nisa mir das jeweilige Rezept vorlas.

Nachdem ich mich wochenlang lausig ernährt hatte, entdeckte ich nun die Freude am Kochen wieder und mit ihr die Namen der Speisen, die mir nach und nach wieder einfielen, wenn sie in den Kompositionen quer durch alle Geschmacksrichtungen vorkamen, die Chefköchin Nisa mich zubereiten ließ: Schweinenetz, Schalotte, Schmorbraten, Sauce Gribiche, Fleischbrühe, Tapenade, Schweineschmalz, Meerrettich, Genever, Juliennes, Orangenschale, Stärkemehl, Fischfilet, Knochenmark, Frühlingszwiebeln, Renette, Spitzsieb, Muskatnuß, Kalbsragout, Kaffee-Extrakt, Milchrahm, Baiser und Zuckersirup. Ich gehorchte

Nisa, die aufmerksam zusah, wie ich wendete, dünstete, würzte und kostete. Der Glanz in den Augen des kleinen Leckermauls ließ mich wieder Geschmack finden am kulinarischen Vokabular, das an sich schon überaus reichhaltig und köstlich ist.

In einer unerwarteten Umkehrung war es nun meine Tochter, die mich bemutterte, während ich mich voll und ganz auf sie verließ, endlich befreit vom Joch der Einsamkeit. Meine Aphasie beunruhigte Nisa nicht sonderlich (ich konnte ein paar Wörter sprechen, selten einen Satz), die durch sie einen anderen Status und neue Verantwortung erhielt. Sie war meine Stimme, meine verlorene Sprache, die Summe meiner entflohenen Wörter. Ich ließ sie den Alltag bestimmen.

Es lag ihr am Herzen, mir das Sprechen wieder beizubringen, sie war überzeugt, daß ich es durch irgendeinen Zauber verlernt hatte, dessen Wirkung sie nicht verstand, aber auszuschalten versuchte, durch alle möglichen magischen Tricks und indem sie mir Kräutersäfte, Schneckenschleim und andere eigens von ihr hergestellte Mixturen auf die Lippen träufelte, von denen eine ekliger war als die andere. Sie ließ mich die Überschriften nachsagen, die sie in alten Ausgaben von *Femmes d'aujourd'hui* und *Cinémonde* entzifferte und von denen ich kein Wort verstand, so sehr wurden sie von ihr entstellt. Ich stotterte brav: »Verlieren Sie Ihre Zellulose« oder »Der junge Stab nahm ein Rad in der Menge«, und sie applaudierte begeistert und rief: »Sehr gut, Mamaschatz«, in dem fürsorglichen und ein klein wenig herablassenden Tonfall, mit dem eine Lehrerin zu ihren zurückgebliebenen kleinen Schülern spricht. Doch nach und nach kam alles wieder, allmählich fielen mir geläufige Wörter ein, mit denen ich Schritt für Schritt den Vorrat in meinem Gedächtnis aufstockte, spontane Sätze vermochte ich noch nicht zu bilden.

Nisa hatte Thierry Vallet kennengelernt, wahrscheinlich in der Bäckerei. Ich weiß nicht, wie sie miteinander ins Gespräch kamen, jedenfalls erzählte sie ihm von meiner »Krankheit«. Eines Sonntagmorgens sah ich sie gemeinsam aus dem Dorf zurückkehren, mit einem riesigen Strauß Narzissen in der Hand. Seit Nisa in La Varenne war, hatte der Winzer alle Zurückhaltung abgelegt und nutzte jede Gelegenheit für eine Einladung oder einen Besuch. Nisa stattete ihm Überraschungsbesuche auf dem Weinberg oder bei ihm zu Hause ab, und er legte kleine Geschenke für sie in unseren Briefkasten unten am Weg. Er stellte uns den Bürgermeister und den Lehrer von Saint-Loup vor, der sich um die einzige Schulklasse des Dorfes kümmerte. Nisa kam im März dazu, nach den Winterferien.

Ich arbeitete viel draußen, denn Nisa war der Meinung, wir bräuchten einen Gemüsegarten. Sie ließ mich Möhren und Kohl säen, »damit wir Rosenkohl bekommen«, erklärte sie, Spinat »für den Sprossensalat«, Kopfsalat und weiße Rüben, Porree, Radieschen, Schwarzwurzeln, »die sind gut für Zaubertränke«, und Erdbeeren und Erbsen. Ich grub Erde um, ich säuberte die Wege, ich befreite die Beete und Rabatten von Unkraut und ging erbarmungslos auf Schneckenjagd. Ich hatte einen Rasenmäher gekauft, beim Fahrradhändler in der Nachbarstadt. Wenn ich alleine war, redete ich ein bißchen, ich trainierte sozusagen.

Abends las Nisa mir Geschichten vor, sie hatte die Bücher entdeckt, die ich auf dem Dachboden gefunden hatte, und erfreute sich an den dicken, prächtig illustrierten Märchensammlungen, die von jungen japanischen Fischern erzählten, die von einer Schildkröte auf den Meeresgrund zum Drachen, dem König der Ozeane, getragen wurden, oder von Holzfällersöhnen, die eine Hexe in den Wäldern Sibiriens mit Hühnerfüßen verzauberte. Abends kuschelten wir uns gemeinsam in einen Sessel vor dem Kamin, und sie las mir vor, voller Stolz auf ihre neue Fähigkeit. Ich ließ mich wie ein kleines Kind von den Sätzen wiegen, meine Lider wurden immer schwerer, und meist dämmerte ich weg, bevor das Märchen zu Ende war.

Dann gab mir Nisa, die sich mit dem großen Buch, das sie auf den Knien balancierte, an mich schmiegte, einen Stoß in die Rippen: »Mama, zuhören, sonst bleibst du für immer stumm«, schimpfte sie, denn sie war sicher, daß meine Genesung nur über das unermüdliche Wiederholen der vergessenen Wörter erfolgte. Ich war nicht mehr so ungeduldig, sie möglichst bald wiederzuerlangen, denn ich spürte, daß sie sich mir ganz leise näherten. Ich kostete das Glück aus, von Nisas endlosem Geschnatter umhüllt zu sein. Wenn sie ein Wort nicht kannte, erfand sie es einfach, so groß war ihr Mitteilungsdrang. Daß die Stille um mich herum ein Ende hatte, war noch wichtiger als das Vorlesen unzähliger Geschichten, und ich wurde es nicht müde, ihr zuzuhören, wenn sie Fragen stellte und selbst beantwortete, sich mit ihren Puppen unterhielt und stundenlang mit der ihr eigenen Logik und dem beschränkten Wissen eines fünfjährigen Mädchens debattierte. In ihrer Nähe gewöhnte ich mich an ein Schweigen, in dem es mir möglich war, die untergegangene Welt in meinem Innern neu aufzubauen. Der Sprache beraubt, errichtete ich Wort für Wort, Stein auf Stein, das Gebäude, das mich in ein neues Leben führen würde. Dort würde ich die Tage mit den Händen in der Erde verbringen, um den alten Garten von La Varenne wiederzubeleben, und die Poesie der Blumen, der Vögel und der Bäume würde die Poesie der Verse ersetzen.

Ich spürte die Tränen in mir aufsteigen an jenem Tag im Mai, als Nisa mir in der Sonne unter einem blühenden Flieder, dessen Duft in meine Nase drang, die Verse von Charles d'Orléans vortrug, die ich selbst in meiner Kindheit so oft aufgesagt hatte.

Kleiner Händler, kleiner Sack!
Dennoch, wenn ich habe keine Ware,
Die sich nach Eurem Wunsch gebare,
Schmäht nicht diesen meinen Plack.

Ich verdiene Heller um Heller,
Das ist fern vom Schatz von Venedig;
Kleiner Händler, kleiner Keller!
Denn wenn ich bin aller Wahre ledig …

Nisa geriet ins Stocken und trat im Gras von einem Bein aufs andere. »Ähm … weiter weiß ich nicht«, gestand sie mit einem breiten Grinsen im Gesicht. Aber ich wußte weiter. Und ich konnte die Fortsetzung sogar laut aufsagen:

Während Alltag ist,
Verlier ich Zeit, wenn ich Euch erzähle,
Meine Herrschaft über Euch erwähle,
Und durch die Straßen klingt ein Ruf, ein heller:
Kleiner Händler, kleiner Keller!

Der Frühling ließ den Garten erblühen, die Schwertlilien und die Pfingstrosen waren schon aufgebrochen, die Rosen waren mit Knospen übersät, Nisa strahlte vor Glück, und für den Bruchteil einer Sekunde fühlte ich mich um Jahre zurückversetzt, in die Zeit, als Philippe und ich hier im frischen weichen Gras auf der Wiese lagen und uns von der herrlichen Sonne wärmen ließen.

Gedichtnachweis

S. 7: Martin Le Franc, *Der Tag ist meine Nacht,* übersetzt von Dr. Una Pfau

S. 137: François Villon, *Das Kleine und das Große Testament,* übersetzt von Frank-Rutger Hausmann, © 1988 Philipp Reclam jun., Stuttgart

S. 137/138: Clément Marot, aus *Die Clementinische Jugend,* übersetzt von Werner von Koppenfels

S. 138: François Villon, *Das Kleine und das Große Testament,* übersetzt von Frank-Rutger Hausmann, © 1988 Philipp Reclam jun., Stuttgart

S. 139: Jean Molinet, aus *Fatras,* übersetzt von Werner von Koppenfels

S. 140 oben: Pierre de Ronsard, *Gegen die Holzfäller im Wald von Gâtine,* übersetzt von Hanno Helbling, zitiert nach »Französische Dichtung 1«, hrsg. von Friedhelm Kemp und Werner von Koppenfels, München 2001, mit freundlicher Genehmigung des Verlages C. H. Beck

S. 140 unten: Louise Labé, *Sonette VIII,* übersetzt von Rainer Maria Rilke, zitiert nach »Französische Dichtung 1«, hrsg. von Friedhelm Kemp und Werner von Koppenfels, München 2001, mit freundlicher Genehmigung des Verlages C. H. Beck

S. 141: Jean de Sponde, übersetzt von Werner von Koppenfels

S. 142/143: François Villon, *Das Kleine und das Große Testament,* übersetzt von Frank-Rutger Hausmann, © 1988 Philipp Reclam jun., Stuttgart

S. 143/144: Joachim Du Bellay, *Ein Getreideschwinger an die Winde,* übersetzt von Friedhelm Kemp, zitiert nach »Französische Dichtung 1«, hrsg. von Friedhelm Kemp und Werner von Koppenfels, München 2001, mit freundlicher Genehmigung des Verlages C. H. Beck

S. 175: Clément Marot, aus *Die Clementinische Jugend,* übersetzt von Werner von Koppenfels

S. 176/177: Jean Meschinot, *Die, die sprechen sollten ...,* übersetzt von Dr. Una Pfau

S. 186/187: Charles d'Orléans, *Kleiner Händler,* übersetzt von Dr. Una Pfau